悉达多

〔德〕赫尔曼·黑塞————著
Hermann Hesse

周苇————译

Siddhartha

台海出版社

图书在版编目（CIP）数据

悉达多 / （德）赫尔曼·黑塞著；周苇译. -- 北京：
台海出版社，2023.12
ISBN 978-7-5168-3655-2

Ⅰ．①悉… Ⅱ．①赫… ②周… Ⅲ．①长篇小说一德
国一现代 Ⅳ．①I516.45

中国国家版本馆CIP数据核字（2023）第182019号

悉达多

著　　者：〔德〕赫尔曼·黑塞	译　　者：周　苇

出 版 人：蔡　旭	封面设计：YooRich Studio
责任编辑：徐　玥	策划编辑：苟　敏

出版发行：台海出版社
地　　址：北京市东城区景山东街20号　　邮政编码：100009
电　　话：010-64041652（发行，邮购）
传　　真：010-84045799（总编室）
网　　址：http://www.taimeng.org.cn/thcbs/default.htm
E－mail：thcbs@126.com

经　　销：全国各地新华书店
印　　刷：天宇万达印刷有限公司
本书如有破损、缺页、装订错误，请与本社联系调换

开　　本：880毫米×1230毫米　　1/32	
字　　数：90千字	印　　张：5
版　　次：2023年12月第1版	印　　次：2023年12月第1次印刷
书　　号：ISBN 978-7-5168-3655-2	
定　　价：42.00元	

目 录

第一部

第二部

第一部

婆罗门 ① 之子

在房屋的阴凉处，在船只停泊的河岸的阳光下，在娑罗双林 ② 和无花果树的浓荫下，悉达多——这个英俊的婆罗门之子，年轻的猎鹰，与他的朋友戈文达——另一位婆罗门之子，一同长大。在河边沐浴时，在进行神圣的洗礼和献祭中，他光洁的肩膀被太阳晒黑。在杧果林里，在做孩童的游戏时，在母亲的歌声里，在进行神圣的献祭时，在接受父亲和学者们的教诲时，在和智者们交谈时，阴影涌入了他的眼眸。悉达多早已加入了智者们的谈话，与戈文达练习辩论，修习沉思和冥想的技艺。

---

① 婆罗门：即 Brahmanen 的音译，是印度社会种姓制度中的最高种姓，负责祭祀祈祷，掌管宗教。除了祭司外，他们也担任宫廷文士、星象家、数学家和公务员。——译者注，后文若无特别说明，皆为译者注。

② 娑罗双林：一般被认为是释迦牟尼涅槃之处。在古印度拘尸那拉城阿利罗跋提河边。其处四方各有二株双生的娑罗树，故谓之娑罗双林。在吴承恩所著《西游记》第八回中就有如来将孙悟空收服之后回到灵山，在灵山的佛、菩萨、金刚们都"摆列在灵山仙境，娑罗双林之下接迎"的记载。

他已经学会如何默念"唵①"，其中的真言，在一呼一吸间凝聚心神将它无声地吸入又吐出。这时，他的额头上闪烁着纯净思考的灵魂之光。他已经懂得如何在内心深处感受阿特曼②，使自己不可毁灭，与宇宙合而为一。

欢乐在父亲的心间荡漾，因为他的儿子善于学习且渴慕知识，将成长为伟大的贤哲和僧侣，成长为婆罗门中的王。

当母亲注视着他，看着他行走、坐下和站立，看见她强壮、英俊的孩子迈着修长的双腿，以完美的礼仪向她问安时，她的胸中就会涌起幸福之感。

当婆罗门年轻的女儿们看见悉达多走过城里的街巷，看见他那光亮的额头、帝王般的眼睛以及修长的身影时，心中便被爱触动了。

但他的朋友戈文达，另一位婆罗门之子，比其他所有人都更加爱他。他爱悉达多的眼睛和温柔的声音，他爱他走路的姿势和举止的完美无缺，他爱悉达多所做的、所说的一切，然而他最爱的是他的精神，他那高贵而炽热的思想，他热切的愿望

---

① 唵：古印度人祈祷时的一个音节om，本身并无意义，但在《奥义书》(《奥义书》是古印度一类哲学文献的总称，是广义的吠陀文献之一）中被神圣化。唵的汉语读音为 ǎn。

② 阿特曼：古印度婆罗门教中一种用于表示宗教意境的称呼，意为"自我"。

以及崇高的使命。戈文达知道，悉达多不会成为平庸的婆罗门，不会成为主管献祭的腐败官员，不会成为施咒的贪婪商贩，不会成为自负虚荣、言谈空洞的演讲者，不会成为卑鄙奸诈的僧侣，也不会成为群体中一只温驯、愚蠢的羔羊。不，就算是戈文达自己也不想成为这样的人，不想成为成千上万庸碌婆罗门中的一员。他想追随悉达多，这个受人拥戴的、了不起的人。有朝一日，当悉达多成了神，进入了光明世界，戈文达也将继续追随着他，作为他的朋友、他的伙伴、他的仆人、他的护卫和他的影子。

悉达多受到所有人的喜爱。他是所有人快乐的源泉，为他们带来愉悦。

然而，悉达多却无法令自己感到快乐，无法在自己身上找到乐趣。他漫步于无花果园的玫瑰色小径，在小树林的暗蓝色的阴影下沉思，日复一日地在忏悔的沐浴中清洗自己的身体，在杧果树的浓荫下献祭，他的举止完美得体，受到每个人的喜爱，使他们感到快乐，但他的心中却感受不到任何快乐。梦境和无尽的思绪从流淌的河水中，从夜晚闪耀的星辰中，从太阳的光辉中，不断地向他涌来，在祭祀时升腾的焰火中，在《梨俱吠陀》①诗句的吟诵中，在老婆罗门的教诲之中，他的灵魂始终无法获得安宁。

悉达多的内心越来越无法感到满足。他开始觉得，父母之爱，甚至是朋友戈文达的爱，都不会永远使他幸福，给他滋养，令他充实、满足。他开始觉察到，他可敬的父亲以及其他老师，那些聪明的婆罗门，已经将他们最好的、最丰富的智慧传授给他了，已经将他们所拥有的知识都倾倒进了他那渴望着的容器，可容器仍旧没有装满，他的精神没有得到满足，灵魂没有获得安宁，心灵没有感到平静。洗礼是好的，可那终究只是水，不能洗去罪孽，不能满足灵魂的渴求，也不能驱散心灵的恐惧。向诸神献祭和祈祷是极好的，但那就是全部了吗？献祭就会带来幸福吗？诸神又如何呢？真的是生主②创造了世界吗？难道不是阿特曼，那独一无二的存在创造的吗？难道诸神不也被创造成如同你我一样的形态，受制于时间，终有一死？那么向诸神献祭，是善的、对的、有意义的、崇高的行为吗？除了那唯一的、仅有的阿特曼，还能向谁献祭，对谁崇拜呢？去哪里能

① 《梨俱吠陀》：印度教经典之一，与《娑摩吠陀》《夜柔吠陀》《阿达婆吠陀》合称《吠陀》的四部本集。用古梵文写成，主要内容是记录信徒对神的赞歌、祭词和咒词等。
② 生主：古印度人对创造主的称呼。

找到阿特曼呢？他所居何处？他那永恒的心在什么地方跳动？难道不是在自我之中，在每个人最深的、不可毁灭的内心深处吗？但是，这个自我，这个内心最深处，这个终极的地方，究竟在哪儿？它不是肉和骨，不是思想和意识，正如智者所教导的那样。那么，它究竟在何处？要通向那里，通向自我，通向阿特曼，是否有另外一条更值得追寻的道路？唉，没人可以指明这条道路，没人知道它，无论是父亲、老师或者智者们，甚至连神圣的祭祀乐歌中也没有提及过！婆罗门和他们神圣的典籍知晓一切，它们的内容包罗万象，创世的故事，语言的起源，食物，呼吸，感官的秩序，诸神的行为。他们所知的无穷无尽，但如果不知道那唯一的、最为重要的事情，知晓这一切又有何价值？

的确，神圣典籍中的许多篇章，尤其是《娑摩吠陀》里的一些精彩诗句，提到过这种最内在、最终极的东西。书中写道："汝之灵魂即为整个世界。"里面还写道，人在陷入深眠时，便会进入内在的最深处，居于阿特曼之中。这些诗句中包含着最奇妙的智慧，最富有智慧的人的所有知识全都被收集起来，变成富有魔力的语言，纯粹得如同蜜蜂采集的蜂蜜。不，这些被世世代代婆罗门智者们收集并保存起来的大量的知识绝不容忽视。但是那些不仅懂得这些最深刻的知识还实践了它们的婆罗门、僧侣、智者和忏悔者在哪里？那些不仅能在熟睡时居于阿特曼之中，还能让它进入清醒状态，进入现实生活，进入一言一行中的精于此道的大师在哪儿？悉达多认识很多德高望重的婆罗门，首先便是他的父亲，一位纯粹、博学、十分值得敬重的长者。他令人钦佩，举止沉稳而高贵，生活简单，言谈睿智，头脑中充满了高尚的思想，但即使是他，一个如此博学之人，生活在幸福之中的人，就拥有和平安宁吗？他不也是一个充满渴望的探索者吗？他不是也必须一次次地去啜饮圣泉，在祭祀中，在书本里，在和婆罗门的对谈中饥渴地吸收养分吗？为什么这位无可指责的人每天都要清洗罪孽？每天都要努力地清洁自身，争取更新？难道阿特曼不是存在于他的心中，难道古老的源泉没有流淌于他的心中吗？人必须找到内在自我的源泉，必须拥有它！其他的一切都只是在寻觅，在绕弯路，在迷失。

这些就是悉达多思索的东西，这些就是他的渴望，他的痛苦。

他常常默读《歌者奥义书》[1]中的句子："梵天[2]之名即为真理，得悟此道之人将日日进入天堂。"他常常感到天堂近在咫尺，却又从未真正到达过，他那终极的渴望也从未消失过。在所有他所熟悉的、教授过他的智者和贤哲中，也没有人真正完全到达过天堂，或者消除过那永恒的渴望。

"戈文达。"悉达多对他的朋友说，"戈文达，亲爱的，跟我一起到榕树下去吧，我们来修习冥想。"

他们走到榕树下，坐了下来，悉达多坐在这边，戈文达离他二十步远。调整好坐姿，做好念诵"唵"的准备后，悉达多便喃喃反复念诵起几句诗词：

> 唵为弓，灵魂为箭，
>
> 梵天是箭矢之目的，
>
> 人当不懈瞄准进击。

---

① 《歌者奥义书》：是《奥义书》中的一种。

② 梵天：梵天是印度教中的创造之神，给予之神。在印度教神话中，大千世界都是梵天创造的。随着印度佛教的兴起，后被佛教吸纳为护法神之一，在南传佛教的东南亚，尤其是泰国，得到很大的发挥，被当地的华人称为四面佛，据说有保佑人间富贵吉祥的功能，有很多信众。

在惯常的冥想时间过去后，戈文达站了起来。夜幕已经降临，到了晚间沐浴的时候了。他呼唤着悉达多的名字，对方没有回答。悉达多坐在那里陷入了沉思，他的眼睛一动不动地凝视着某个非常遥远的目标，舌尖从两排牙齿间微微露出，仿佛停止了呼吸一般。他就这样坐着，沉浸在冥想之中，思考着"唵"，灵魂成为箭矢追逐着梵天。

一天，三个沙门①穿过悉达多所在的城镇，他们是去朝圣的苦行僧，骨瘦如柴，形容憔悴，不老也不年轻，肩膀上布满尘土和血迹，几乎一丝不挂的身体被太阳暴晒得焦黑，这些人世的异乡客，瘦骨嶙峋的豺狼，他们被孤独环绕着，对世界既陌生又充满敌意。他们周身环绕着一股灼热的气息，那是一种静默的激情，一种牺牲式的奉献，一种毫不留情的自我摒弃。

到了晚上，冥想时间已过，悉达多对戈文达说："我的朋友，明天一早，悉达多将加入沙门的队伍。他将成为一个沙门。"

听到这些话后，戈文达的脸色顿时变得苍白，他从他的朋友那纹丝不动的脸上读出了决心，如同离弦之箭般不可阻挡。

---

① 沙门：梵语的音译。另有一说，沙门等非直接译自梵语，而是吐火罗语的音译。原为古印度反婆罗门教思潮中各个派别中出家者的通称，佛教盛行后专指佛教僧侣，意义略同于和尚。

只看了一眼，戈文达便意识到：到时间了，悉达多要走上自己的道路了，他的命运即将开始，跟随其后的我的命运也将开始了。他的脸色变得如同晒干的香蕉皮一样苍白。

"噢，悉达多，"他喊道，"你的父亲会同意你这么做吗？"

悉达多看了他一眼，如同从梦中初醒。一瞬间，他就读懂了戈文达的灵魂，读懂了他的恐惧，他的服从。

"噢，戈文达，"他轻声说，"我们不要浪费口舌了。明日拂晓，我将开始沙门的生活。无须多言了。"

悉达多走进房屋，他的父亲坐在一张麻织的席子上，他走到他的身后，站在那儿，直到他父亲有所察觉。"是你吗，悉达多？"这位婆罗门问道，"说吧，你为何而来？"

"如果您允许的话，我的父亲。我来这儿是要告诉您，我请求明天离开您的家，加入苦行僧的行列。我渴望成为一个沙门。希望您不会反对此事。"

婆罗门沉默良久，小窗外的星辰变换着位置，屋内始终寂静无声。儿子抱臂站在那里，一动不动，沉默不语，父亲坐在席子上，也一动不动，沉默不语，只有星星在夜空中流转。然后，父亲说："婆罗门不应当说出尖锐和愤怒的言辞，但我心中确实不快。我不希望再次从你的嘴里说出这个请求。"

婆罗门慢慢地站起来。悉达多依旧抱臂沉默地站在那儿，一动不动。

"你还等在这儿干什么？"父亲问。

"您知道我为什么等在这儿。"悉达多回答说。

父亲满腔怒火地离开了房间，气愤地走到自己的床边躺下。

一个小时之后，无法入睡的婆罗门从床上爬起来，来回踱步，走出了房间。透过那扇小窗，他看见悉达多依旧站在那里，双臂交叉，一动不动。他浅色的衣衫闪烁着微光。父亲的心中充满了不安，回到了床上。

又一个小时过去，仍旧无法入睡的婆罗门再次起身，来回踱步，走出了房间。月亮已高高挂起。他透过小窗往屋内看，悉达多还是站在那儿，一动不动，双臂交叉，月光照亮了他裸露的小腿。父亲满心忧虑，回到了床上。

一个小时过去，两个小时过去，他一次次地走出房间，透过小窗，看那站在月光中、星辰下、黑暗里的悉达多。一次又一次，他默默地朝着屋内望去，看见他的儿子一动不动地站在那里。他的心中充满了愤怒和不安，充满了恐惧和悲伤。

在黎明前的最后一个小时里，他再次起床，走进那间屋子，看到站在那里的年轻人显得高大又陌生。

"悉达多，"他说，"你还等在这里干什么？"

"您知道的。"

"你要一直等在这儿，等到天亮，等到中午，等到晚上吗？"

"我会一直站在这里等待。"

"你会累的，悉达多。"

"我会累的。"

"你会睡着的，悉达多。"

"我不会睡着的。"

"你会死掉的，悉达多。"

"我会死的。"

"你宁愿死也不愿意服从你的父亲吗？"

"悉达多一直都服从他的父亲。"

"所以你要放弃你的计划？"

"悉达多会做他父亲要他做的事。"

清晨的第一缕阳光照进了房间。婆罗门看见悉达多的双膝微微颤抖着。但在悉达多的脸上，他看不到一丝颤抖。悉达多的目光凝视着远方。终于，父亲意识到，悉达多已经不在他的身边，不在家乡了，他已然离开。

父亲轻抚着悉达多的肩膀。

"你将步入森林，成为一个沙门。"他说，"如果你在森林里找到了极乐，就回来传授给我。如果你只得到了失望，也回到这里，我们再次一起向诸神献祭。现在去和你的妈妈吻别吧，告诉她你将要去哪儿，而我，现在该去河边进行今天的第一次沐浴了。"

他把手从儿子肩头移开，走了出去。当悉达多想要走动时，身体忍不住晃了晃。他控制住自己的身体，对父亲鞠了躬，然后去到母亲那里，做了父亲吩咐他的事。

在清晨初升的阳光中，悉达多迈着僵硬的双腿慢慢离开这个仍在沉睡中的城镇，这时，一个蹲着的影子从城边最后一间屋舍后站了出来，加入了苦行僧的行列，他就是戈文达。

"你来了。"悉达多微笑着说。

"我来了。"戈文达回答道。

与沙门同行

当天傍晚，他们追上了苦行僧们，也就是那三位瘦削的沙门，他们请求与其同行并承诺会服从。两人被接纳了。

悉达多把自己的长袍送给了途中偶遇的一个贫苦的婆罗门，身上只穿着一块缠腰布，以及一条未经缝制的土褐色斗篷。每天，他只用一餐，只吃无须烹煮的东西。他斋戒了十五天。他斋戒了二十八天。他大腿和脸颊上的肉逐渐变少。炽热的梦在他那双变大了的眼睛里闪烁着，长长的指甲从他那干裂的手指上生长出来，下巴也冒出了干枯杂乱的胡须。遇见女人时，他的目光变得冰冷；穿过城市时，遇见那些衣着光鲜的人们，他的嘴角流露出轻蔑。他看见商贾们在行商，王孙们在打猎，送葬者在为死者哭泣，妓女们在出卖肉体，医生们在帮助病患，祭司们在决定播种的吉日，情人们在恋爱，母亲们在照顾她们的孩子——这一切都不值得他看上一眼，一切都是谎言，一切都散发着谎言的臭气，给人以富有意义、欢乐又美丽的幻觉，一切都只不过是隐秘的腐败。世界充满了苦涩，生命即为苦痛。

悉达多的面前只有一个目标，唯一的目标：化为空无，抛却渴望，抛却追求，抛却梦想，抛却欢愉，也抛却悲伤。让"我"死去，不再有任何"自我"，在空无的心灵中寻得宁静，在无我的思想中等待着奇迹，这就是他的目标。当一切自我都被克服，被消除，当心中的每一个渴望、每一种欲望都归于沉寂，那终极的部分、那不再是自我的最深处的存在、那伟大的秘密，便会觉醒。

悉达多默默地伫立于炽热的阳光下，被痛苦和渴望灼烧着，直到不再感到痛苦或者渴望。雨季里，他默默地站在雨中，雨水从他的头发上滴落到冻僵的肩膀、臀部和双腿上，然而这位忏悔者始终站立着，直到肩膀和双腿不再寒冷，直到它们都变得静止又沉默。他默默地蜷缩在荆棘丛中，鲜血从他灼热疼痛的皮肤上流出来，脓液从溃烂的伤口上滴下来，悉达多仍旧僵直地卧在原地，一动不动，直到不再流出鲜血，直到不再传来刺痛，直到不再感到灼烧。

悉达多笔直地坐着，修习节制呼吸，修习用极少的呼吸来维持生命，甚至是停止呼吸。他还修习了如何从呼吸开始时就让心跳平缓下来，减少心跳的次数，直到所剩无几，乃至于完全消失。

在一位最年长的沙门的指导下，悉达多遵照沙门戒律修习了节制自我与沉思冥想。一只苍鹰飞过了竹林，悉达多将它纳入了自己的灵魂，他飞越了森林和山峰，成为一只苍鹰，捕食鱼类，体会苍鹰的饥饿，发出苍鹰的叫声，像苍鹰那样死去。一只豺狼死在了沙滩上，悉达多的灵魂潜入了那具尸体，变成了死去的豺狼，他躺在沙滩上，肿胀、发臭、腐烂，被鬣狗撕咬，被秃鹫剥皮，变成骷髅，化为尘土，被吹向田野。经过了死亡、腐烂、化为尘土之后，悉达多的灵魂又重新回来了，他品尝到了轮回的阴郁而令人沉迷的滋味。然后，怀着新的渴望，他像猎人一样蹲伏着，等待某个可能逃避轮回的缺口，那里是一切因果的尽头，是毫无痛苦的永恒的开端。他杀死了自己的感官，他了结了自己的回忆，他脱离了自我，融入世间万物之中，他是动物，是尸体，是石头，是木头，是水，每一次他又会重新醒来，在日光之下，在月光之中，他又回到了自我，重新进入轮回，感受渴望，克服渴望，又感受新的渴望。

悉达多从几位沙门那里学到了很多东西，他学会了许多摒除自我的方法。他经历了痛苦，经历了自愿的受苦，克服了疼痛、饥饿、渴望和疲倦，走在摒弃自我的道路上。他沉思冥想，清空心中一切杂念，走上了摒弃自我的道路。他进行了种种不同的修习，千万次地摒弃自我，数小时、数天地停留在无我之境。尽管这些修习使他远离了自我，最终却总是又回到了自我。即使悉达多上千次地逃离自我，居于空无之中，居于动物之中，居于石头之中，回归仍是不可避免的，他无法逃离那些重回自我的时刻，无论是在太阳下还是在月光中，无论是在阴影里还是在雨中，他总是会再度回到自我，成为悉达多，再度感受轮回加诸他身上的折磨。

戈文达生活在他身边，是他的影子，与他走着同样的道路，付出了同样的努力。除了职责和修行所需，他们彼此很少交谈。有时，他们一同去村庄里为自己和老师们乞讨食物。

"你怎么想，戈文达？"一次，在乞讨的途中，悉达多说，"你认为我们取得了什么进步吗？我们有达到任何目标吗？"

戈文达答道："我们学到了很多，而且还在继续学习中。你会成为一个伟大的沙门，悉达多。每一种修习你都能很快学会，老沙门们经常夸赞你。有朝一日，你会成为一位圣人，悉达多。"

悉达多说："我并不这样认为，我的朋友。迄今为止，我从这些沙门身上学到的东西，我本可以更快、更简单地学习到。在烟花柳巷的每一家酒馆里，在车夫和赌棍中间，我都能学到。"

戈文达说："悉达多你在和我开玩笑。你如何能从贫苦贱民那里学会冥想、屏息，忍受饥饿和痛苦的方法？"

悉达多轻声说，像是在自言自语："什么是冥想？什么是脱离肉体？什么是斋戒？什么是屏息？这些都不过是逃离自我，是短暂摆脱自我折磨的喘息，是对生活的痛苦和荒谬的暂时麻痹。牧牛人在客栈里喝下几碗米酒或者发酵椰奶时所感受到的麻醉，也是与此相同的逃避。那样之后，他就不会再感觉到自我，不会再感受到生活的痛苦，他寻求到了一时的麻醉。他喝着米酒，昏昏欲睡，他找到了悉达多和戈文达通过长时间的修习设法逃离身体以停留在无我之中所找到的东西。就是这样，戈文达。"

戈文达说："噢，朋友，你可以这样说，但是你知道，悉达多不是牧牛人，沙门也并非酒鬼。的确，饮酒者可以麻痹自己的感官，可以暂时地逃离和休息，但当他从幻觉之中清醒过来后，他会发现一切都没有改变，他没有变得更有智慧，没有获得任何启发，也没有进入更高的境界。"

悉达多微笑着说："我不知道，我从没有做过一个酒鬼。但是我，悉达多，我在自己的修习和冥想中只感受到了短暂的麻醉，我就像母亲子宫中的胎儿一样，远离智慧和救赎，这我知道，戈文达，这我知道。"

又一次，当悉达多与戈文达离开森林，一同去村子里为他们的同伴和老师们乞讨食物时，悉达多开口说："戈文达，那么现在我们走在正确的道路上了吗？我们是否离智慧更近了？是否离救赎更近了？还是说我们或许只是在绕圈子，而我们却还认为自己正在逃离这种循环？"

戈文达回答道："我们学到了很多，悉达多，还有更多仍需学习。我们不是在绕圈子，我们是在往上走，这个圈子是螺旋状的，我们已经登上了许多台阶。"

悉达多问道："你觉得，我们尊敬的老师，那位最年长的沙门，现在寿数几何？"

戈文达回答道："这位最年长的老者大概六十岁吧。"

悉达多说："他已经六十高龄，依然没有达到涅槃的境界，他将会这样活到七十岁、八十岁。你和我，我们也会活到这样的年纪，我们会不断地修行、斋戒、冥想，却不会达到涅槃的境界。无论是他或者我们都做不到。噢，戈文达，我认为，在所有的沙门中，或许根本无人能够达到涅槃的境界。我们找到了一些慰藉，找到了一点麻醉，我们学会了一些自我欺骗的手段。但是那最根本的东西，道路中的道路，我们没有找到。"

"请你，"戈文达说，"请你不要说这么可怕的话，悉达多！这么多饱学之人，这么多婆罗门，这么多自律而可敬的沙门，这么多的探索者，这么多献身其中的人，这么多圣人，难道就没有一个人能找到那条道路中的道路？"

悉达多只是用一种既悲伤又嘲弄的声调，半是伤感半是戏谑地轻声说道："戈文达，很快，你的朋友就要离开这条跟你走了这么久的沙门之路了。我饱受渴望之苦，噢，戈文达，在沙门这条漫长的道路上，我的渴望依旧强烈。我总是渴望着知识，我的心中总是充满了疑问。我年复一年地求教于婆罗门，年复一年地求教于《吠陀》。噢，戈文达，要是我去向犀鸟或者猩猩请教，或许会有一样的效果，一样明智，一样有益。我花了很长时间去学习这一点，戈文达，甚至到现在都没有完全学会，那就是没有所谓的被我们称作'学习'的东西。我的朋友，这世上只有一种知识，那就是阿特曼，它无所不在，它在你我之中，在一切生命之中。我开始相信，这种知识最大的敌人莫过于求知的欲望和学习。"

戈文达在半道上停下来，举起双手，说："悉达多，请不要用这样的话来吓唬你的朋友！真的，你的话让我恐惧。试想一下，如果一切真如你所说的那样，如果不存在学习这一回事，那还谈什么祈祷的虔诚，谈什么婆罗门的尊贵，谈什么沙门的神圣呢？悉达多，那这世间还有什么称得上是神圣的、有价值的、值得崇敬的呢？"

戈文达喃喃自语地念起诗句，那是《奥义书》中的一个段落：

谁以纯净之心，

沉浸于阿特曼之中，

心中所得极乐，

不可以宣言。

悉达多默默不言。他思索良久，从头到尾地想着戈文达念出的句子。

是的，他垂首而立，心想，那对我们来说还有什么能称得上是神圣的呢？还有什么能被留下来？什么能被证明始终都有价值呢？他摇了摇头。

在这两个年轻人与这些沙门共同生活并修习了将近三年后，他们从许多不同的地方听到了一个传闻：一个名叫乔达摩的人出现了，他被称为至尊佛陀，他已经克服了万千世俗之苦，使轮回永远停止了。他在全国各地巡游讲学，受到门徒们的拥戴，他没有财产，没有家庭，没有妻子，穿着苦行僧的黄色斗篷，拥有开阔的额头，他是一位圣人，许多婆罗门和贵族们都向他鞠躬朝拜，成为他的弟子。

这个传说，这个流言，这个神话在四处流传。在城市里，婆罗门们谈论着它；在森林里，沙门们谈论着它。两位年轻人一次又一次地听到乔达摩这个名字，听到佛陀这个称号，对于他，既有人支持，也有人反对，既有人赞美，也有人贬低。

就像某个国家暴发瘟疫时，就会有这样的消息开始四处传播，某个地方有一个人，一个智者，一个博学多识的人，他仅凭言谈和呼吸就能治愈染病者，这种消息会传遍全国，每个人都会谈论他，许多人相信，许多人质疑，但还有很多人会尽可能快地上路去寻找这位智者，去寻求他的帮助。就是以这样的方式，有关于这位乔达摩，这位佛陀，这位来自释迦族的智者的传闻在全国流传开来。他的信徒们声称，他拥有最高的智慧，记得自己的前世，他已经进入涅槃的境界，再也不会堕入轮回，再也不会淹没在表象的污浊河流中。人们讲述了许多关于他的神奇的、不可思议的事情：他曾创造过奇迹，战胜过魔鬼，与众神交谈过。但是，他的敌人和反对者们则说，这个乔达摩只是一个自以为是的骗子，过着奢侈的生活，他蔑视献祭，不学无术，既不知道修习也不知道自省。

关于佛陀的传闻听上去令人神往，散发着诱人的魔力。毕竟，这个世界已经病入膏肓，生活让人难以忍受。瞧！这时却似乎涌出了一股新泉，似乎传来了信使的呼唤，温暖又让人慰藉，充满了崇高的承诺。到处都流传着佛陀的传闻，印度各地的年轻人都竖耳倾听着，怀着一种期待，一种希望，无论是在村庄还是城镇，年轻的婆罗门欢迎着每一个朝圣者或者陌生人，只要他们带来了关于他——那位无限尊贵的释迦牟尼的消息。

这个传闻也逐渐一点点地传到了森林沙门的耳朵里，传到了悉达多和戈文达的耳朵里，每一点都充满了希望，每一点都包含着怀疑。他们很少谈论这个话题，因为最年长的沙门不喜欢这个传闻。他听闻这个佛陀曾是森林中的一个苦行僧，后来回到了奢侈的世俗之乐之中，对这位乔达摩，他的评价并不高。

"悉达多，"有一天，戈文达对他的朋友说，"今天在村子里时，一位婆罗门邀请我去他的家中，在他的家里有一位来自摩揭陀①的婆罗门之子，他曾亲眼见过佛陀，聆听过他的教诲。说真的，这让我心中隐隐作痛，我想，要是我们俩，悉达多和我，有一天也能亲耳从这位完人的口中聆听教诲该多好！说吧，我的朋友，我们要不要也去那儿，去亲耳听一听佛陀的教诲？"

悉达多说："噢，戈文达，我总以为戈文达会和沙门们待在一起，我一直以为他的目标是活到六十岁、七十岁，继续修习那些成为沙门所必需的技艺。但我对戈文达的了解还不够，对他的心还知之甚少。所以，现在，我可靠的朋友，想要走上一条新的道路，想要去佛陀那儿聆听他的教诲。"

戈文达说："你在嘲讽我。悉达多，尽情嘲讽我吧！但你不也渴望和期待去聆听这些教义吗？你不是也曾对我说，你不会在沙门这条路上走太久吗？"

听了这些话，悉达多以自己的方式笑起来，语调中既带着一丝悲伤，又带着一丝嘲讽，他说："你说得很好，戈文达，非常好，你的记性也很好。希望你还记得我对你说的其他一些事，那就是我对教义产生了怀疑和厌倦，我对从老师们那儿聆听到的话语也再难以相信。不过，亲爱的朋友，我已经做好准备去

---

① 摩揭陀：处于印度中部的古国，具体位于如今的比哈尔邦，相传佛陀曾游荡在摩揭陀和瓦察，寻求永恒的真理，后在摩揭陀的菩提伽耶证悟成佛。

聆听那种教义，尽管在我心中，我相信我们早已品尝过它最美好的果实。"

戈文达说："我很高兴你愿意这么做。但是，告诉我，这是怎么回事？在听到乔达摩的教义之前，我们怎么就已经品尝到最美好的果实了呢？"

悉达多回答说："让我们享用这一果实吧，戈文达，然后静候着接下来会发生什么吧！我们已经得到了乔达摩给予的果实，那就是对我们发出召唤，让我们离开沙门！至于他还有没有其他更好的果实可以提供给我们，就心平气和地等着去发现吧，我的朋友。"

那一天，悉达多告诉了最年长的沙门他想要离去的决定。他讲话的态度礼貌又谦逊，正如一个年轻人和学生该表现的那样。然而，这位沙门一想到这两个年轻人想要离开他，他的心中就充满了怒火，他提高嗓门，甚至粗俗地责骂了他们。

戈文达被吓坏了，窘迫不已。然而，悉达多却把嘴巴凑到戈文达的耳边，小声说："现在，我会向这位老人展示一下我从他那儿学到的东西。"

他走到这位沙门跟前站定，全神贯注，用自己的目光抓住了老人的眼睛，将他迷惑，使他沉默，让他丧失了自己的意志，臣服于他的意志，并静静地按照他的指令行事。这位老人变得沉默安静，目光呆滞，意志瘫痪，他的双臂垂落着，在悉达多咒语的摆布下，他丧失了力量。悉达多的思想已经控制住了这位沙门，他必须执行他的指令。就这样，这位老者鞠了几躬，对他们做出祝福的手势，还结结巴巴地祝他们旅途愉快。两位年轻人也鞠躬致谢，回赠了祝福，回礼完后就启程了。

在路上，戈文达说："悉达多，你从沙门那儿学到的比我知道的还多。要对一个老沙门施咒是很难的，非常难。真的，如果你待在那儿的话，你很快就能学会在水面上行走。"

"我并不想在水面上行走，"悉达多说，"让老沙门们去满足于这种把戏吧。"

乔达摩

　　在舍卫城①，每个孩童都知道至尊佛陀的名字，每个家庭都做好了准备将默默乞食的乔达摩弟子们的化缘钵盛满。城外不远处的祇园精舍②是乔达摩最喜爱的住所，那是至尊佛陀的忠实崇拜者——富商阿那塔比迪卡献给佛陀以及他的追随者的。

　　在种种传说的指引下，寻找乔达摩住所的两位苦行僧终于来到了这里。他们到达舍卫城后，在遇到的第一户人家的门前停下来乞食，对方立刻就将食物给了他们。

　　悉达多询问给他们食物的女人："啊，仁慈之人，我们想要

---

① 舍卫城：古印度北憍萨罗国（东晋僧人法显称之为拘萨罗国）的都城，佛陀曾在此长居、讲经，留下了《金刚经》《楞严经》等众多经书。清代雍正皇帝曾在圆明园中建舍卫城（后在第二次鸦片战争中被英法联军焚毁，如今留有遗址），用以表示对佛教的敬重。

② 祇园精舍：是佛陀传法的另一重要场所，又名祇树给孤独园，在《金刚般若波罗蜜经》（简称《金刚经》）第一品法会因由分中，就有"如是我闻：一时，佛在舍卫国祇树给孤独园，与大比丘众千二百五十人俱……"的记载。

知道至尊佛陀住在何处，我们是来自林中的沙门，来这儿探访他，想见见这位完满之人，亲身聆听他的教诲。"

这位女人说："啊，来自林中的沙门，你们的确来对了地方。祇园精舍，阿那塔比迪卡的花园，那就是至尊者的居所。朝圣者可以在那里过夜，那里有足够的房间，可供不计其数的前来聆听他教诲的人们停留。"

戈文达大喜过望，高兴地喊道："太好了，这样我们就到达了目的地，走到了终点！噢，朝圣者之母，请告诉我们，您认识佛陀吗，亲眼见过他吗？"

女人说："我见过那位圣人很多次。很多个日子里，我看见他默默地穿过街巷，身穿那身黄色的僧衣，在各个人家门口默默地递出乞食的钵盂，然后端着装满的钵盂离去。"

戈文达听得津津有味，想要询问、聆听更多的事情。但是悉达多告诉他是时候离开了。他们道谢过后就走了，几乎无须问路，因为路上有很多崇拜乔达摩的朝圣者和僧侣也在朝着祇园的方向进发。晚上，当他们到达祇园时，看见了仍旧有人在不断地到来，人们哭喊着、交谈着，请求和寻找着住处。这两个沙门过惯了林中的生活，很快就默默找到了落脚的地方，在那儿休息到了天亮。

日出时，他们惊讶地看到竟然有那么多信众和好奇的人在这里过夜。美妙的树林间的每一条路上都有身穿黄袍的僧侣们在漫步，他们零零散散地坐在树下，有的陷入了沉思，有的在谈玄论道，浓荫遮蔽的花园就像一座城市，挤满了蜜蜂一样熙攘的人群。大多数僧侣都要带着钵盂去城镇里乞食，以获得午餐，这也是他们一天中唯一的一餐。就连佛陀本人，这位开悟者，也有着在早晨去乞食的习惯。

悉达多看见了他并立即认了出来，如同神明给了他指引一般。他看着他，一个身穿黄色僧袍的普通人，手持钵盂，正静静地走着。

"快看！"悉达多轻声对戈文达说，"这个人就是佛陀。"

戈文达专注地盯着这个身穿黄色僧衣的僧侣，他看上去似乎与其他几百个僧侣并无不同。然而，很快，戈文达也意识到，那就是他。他们跟在他身后，观察着他。

佛陀谦逊地走着，沉浸在思考之中。他平静的脸上既无欢乐也无悲伤，仿佛在内心深处微笑着。他静静地、平和地走着，带着隐隐的微笑，看上去像是一个健康的孩童。佛陀穿着僧衣，不疾不徐地迈步，就像其他所有僧侣一样。但是他的脸庞和脚步，他那安静的低垂的目光，安静的垂落的手臂，甚至是那手臂上的每一根手指都在传达出平静宁和，都在诉说着完满，不寻求任何东西，也不效仿任何东西，只是轻柔地呼吸着，带着一种永恒的平静，一种永恒的光芒，一种不可触犯的安宁。

乔达摩就这样走向城镇，去乞求布施。两位沙门仅仅通过他那完美的宁静以及仪态的平和就认出了他，那之中没有寻求，没有欲望，没有效仿，没有试图引人注意的努力，只有光明和安宁。

"今天我们就能听见他亲口讲述的教义了。"戈文达说。

悉达多没有回答。他对聆听佛陀的教义并无太大的兴趣。他不认为能从中学到任何新的东西。毕竟，他和戈文达都已经一遍又一遍地听到过这位佛陀教义的主旨，尽管是来自二手或者三手的转述。但当他专注地看着乔达摩的头、肩膀、双脚，看着他那安静的垂落的手臂时，他觉得，似乎乔达摩每根手指的关节都蕴含着教义，在诉说、呼吸、散发、闪烁着真理。这个人，这位佛陀，连他最后那根小手指的姿态都是真诚的。这是一位真正的圣人。悉达多从未如此崇敬过一个人，也从未如此爱戴过一个人。

他们两人跟随着佛陀去了城里，又默默地返回，他们已经决定那一天要禁食。他们看见乔达摩回来了，看见他在弟子的围绕下用餐，他的饭量小到连一只鸟都喂不饱，然后，他们看见他退回到杧果树的树荫下。

到了傍晚时分，白天的热度开始减退，营地里的人们开始活跃起来，聚集在一起，听佛陀讲经。他们听到了他的声音，那声音也是完美的，充满了平和、安宁。乔达摩讲授了关于痛苦的学说——痛苦的起源，以及终止痛苦的方法。他的话语平静、柔和又清晰。生命是痛苦，世界上充满了痛苦，但是从痛苦中得到救赎的道路已经出现——凡是跟随佛陀者，皆可得救。

这位至尊者用一种柔和但坚定的声音讲述着，他讲述了四真谛①，讲述了八正道②。他耐心地以惯常的教学方法讲述，不断举例，不断重复，他的声音明亮又平静，盘旋在听众的上空，如一道光，如一片星空。

当佛陀结束他的讲授时，已经是深夜了，一些朝圣者走上前去，请求加入他的团体，在教义中寻求庇护。乔达摩接纳了他们，并说："你们很好地聆听了教义。那么，来吧，入得极

---

① 四真谛：又云四圣谛。"苦集灭道之四谛也"，也就是佛陀体悟的苦、集、灭、道四条人生真理。具体参见《增一阿含经》。

② 八正道：八种求取涅槃之正道，又作八圣道、八支正道。乃三十七道品中，最能代表佛教之实践法门，即八种通向涅槃解脱之正确方法或途径。具体参见《增一阿含经》。

乐，断绝所有的痛苦。"

瞧！就连害羞的戈文达也走上前去，说："我也要皈依佛陀和他的教义。"他请求成为他的一名弟子并被接纳了。

紧接着，当佛陀去休息了以后，戈文达转向悉达多，急切地说："悉达多，我不是要责备你。我们两人都聆听了佛陀的讲授，我们都接受了他的教导。我聆听了教义并皈依了他。但是你，我亲爱的朋友，难道你不想踏上这条救赎之路吗？你还要犹豫，还要等待吗？"

悉达多听到了戈文达的话，仿佛从梦中惊醒一般。他久久凝视着戈文达的脸。然后，他轻声地、语气中没有丝毫嘲弄意味地说："戈文达，我的朋友，现在，你已经踏出了这一步，你已经选了你的道路。噢，戈文达，你一直是我的朋友，总是跟随着我的脚步。我常常想，会不会有一天，戈文达不依靠我，完全听从灵魂的指引，去迈出自己的一步？瞧，现在，你已经成为一个男子汉，选择了你自己的道路。希望你能沿着它一直走到底，我的朋友！希望你能获得救赎！"

戈文达还没有完全理解，他有点不耐烦地重复了自己的问题。"说吧，求求你，我的朋友！既然没有别的道路，我博学的朋友，告诉我，你也会选择皈依佛陀！"

悉达多将手放在戈文达的肩上。"你没有听到我的祝福，戈文达。我再重复一遍：愿你能将这条路一直走到底！愿你能获得救赎！"

这一刻，戈文达意识到，他的朋友就要离开他了，他开始哭泣。

"悉达多！"他悲伤地喊道。

悉达多亲切地对他说道："戈文达，别忘了，现在你已经是佛陀门下的弟子了！你已经抛弃了你的故乡和你的父母，抛弃了你的出身和你的财产，抛弃了你自我的意愿，抛弃了友谊。这就是佛陀的教义所倡导的，这就是佛陀的意志，这就是你自己的选择。戈文达，明天，我就要离开你了。"

这一对友人在树林里散了很久的步，然后躺了下来，却久久无法入眠。戈文达一次又一次地催促他的朋友，让他说出不想要皈依佛陀的教义的原因，说出他在其中究竟发现了什么不足。但每一次，悉达多都会拒绝他，说："戈文达，知足吧！佛陀的教义非常完满，我又能从里面找到什么不足呢？"

翌日一早，佛陀的追随者，最年长的僧侣，穿过花园，将所有皈依的新人都召集到他身边，给他们穿上黄色的僧衣，并向他们讲授了教义的入门知识，告知了他们作为弟子的职责。

然后，戈文达便不得不与朋友分离，他再一次拥抱了自己青年时代的朋友，加入到了新弟子的行列之中。

悉达多却漫步穿过树林，陷入了沉思之中。

在那儿，他遇见了乔达摩，那位佛陀，当他满怀崇敬地对他行礼时，发现佛陀的目光中充满了善意和平和，这位年轻人便鼓起了勇气，请求佛陀与他进行一次交谈。佛陀默默地点头表示同意。

悉达多说："噢，至尊佛陀，昨天，我有幸聆听了您精妙的讲授。我和我的朋友从很远的地方来聆听您的教诲。现在，我的朋友已经成为您的门徒之一，而我则将要再次开始我的朝圣之旅。"

"跟随您的心意。"至尊者谦逊地说。

"我的话或许太过狂妄。"悉达多继续说，"但在没有向佛陀坦陈我的想法之前，我不愿意离开此地。至尊者是否愿意再许我一点时间？"

佛陀默默地点头表示同意。

悉达多说："噢，至尊之人，在您的教义中有一点我尤其钦佩。您教义中的一切都完美清晰，有理有据，您将世界展示为一个完美的链条，一个永远不会中断的链条，一条由因果组成的永恒之链。这一点从未被如此清晰地展现出来，从未被如此无可辩驳地提出来，聆听了您的教义，每一位婆罗门都会激动不已，因为他们由此看到的世界是完美的统一体，没有任何缝隙，如水晶般清澈，不受偶然的支配，也不依赖于神明。无论这个世界是善还是恶，无论其中的生命是苦还是乐，都无须多论，因为它并非关键要义，但是，世界的统一性，所有事件的连续性，所有事物的伟大与渺小都被包容在单一的时间流中，遵循同样的产生、成形以及死亡的规律，啊，完满的圣者，这些都被包含在您那崇高的教义中，闪现着光芒。但是，根据您的教义，所有事物的统一性和逻辑的连续性却在某一个点上被打破了，通过一个小小的裂缝，有什么陌生而奇怪的东西流入了这个统一的世界，一些新的东西，此前不存在的东西，既无法被展示，也无法被证明：那就是您的关于超越世界的、救赎的教义。由于这个小小的缺口，这个小小的裂缝，整个永恒又统一的世界法则再一次被粉碎，失去效力。请原谅我提出了这一反对意见。"

乔达摩静静地听着，一动不动。然后，他开始说话了，这位完满的圣人，用他那友善、谦逊又清晰的声音说："噢，婆罗门之子，你认真地聆听了我的教义，还对这个问题思考得如此深入，这是很好的。你发现其中的一个裂缝，一个漏洞。你还应该继续深思下去。但是，好学之人，让我来提醒你一句，不要落入观点的旋涡和言辞的争辩中。观点是无关紧要的，它们或可爱或讨厌，或聪明或愚蠢，任何人都可以赞同或者拒绝。但是你从我这儿听到的教义并不是我的论点，它的目标不是为求知者们解释这个世界。它的目标有所不同，是为了使人们从苦难中得到救赎。这就是乔达摩教授的内容，仅此而已。"

"噢，至尊的圣者，请不要生我的气，"年轻人回答道，"我对您说这些并不是为了在言辞上进行争辩。您的确是对的，论点无关紧要。但请容许我再说一句，我从未有一刻怀疑过您。我从未有一刻怀疑过您是佛陀，怀疑过您已经达到了那个目标，那个至高的目标，成千上万的婆罗门及其后代还在为之奋斗的目标。您已经从死亡中找到了救赎。您在自身的寻求过程中，在您自己的道路上，通过思考，通过冥想，通过知识，通过领悟，使它来到了您的身边。它并非通过教义来到您的身边。噢，至尊的圣者啊，我认为，没有人能够从教义中获得救赎！噢，至尊的圣者，您永远也没办法通过教义和语言向人们展示或者传达您在觉醒时刻所经历的事情。觉醒的佛陀的教义包含了很多，它教导人们如何正直地生活，如何远离邪恶。但有一件事是如此清晰又崇高的教义所没有包括的，那就是至尊佛陀本人所经历的事，他曾如何独自生活在成千上万人之中。这就是我在聆听您的教义时所想和所意识到的。这就是为什么我要继续我的旅程，不是为了寻求另一个更好的教义，因为我知道没有更好的了，而是让自己远离所有的教义和师者来达到我的目标，或者走向毁灭。但我会经常回忆起这一天，噢，至尊的圣人啊，我曾亲眼见到了一位圣人。"

佛陀的眼睛低垂着，看向地面，他那神秘莫测的脸上流露出完美的宁和与平静。

"愿你的思考没有错误！"至尊的圣人缓缓说道，"愿你达到你的目标！不过，告诉我，你是否见到了那些皈依了我的教义的众多沙门和兄弟？陌生的沙门，你是否认为如果他们都抛弃教义，回到尘世的生活和享乐之中，会过得更好？"

"我绝不会有这样的想法！"悉达多喊道，"但愿他们都忠诚地信仰您的教义，但愿他们都达到自己的目标！我无权去评判他人的生活。我只能为了我自己，仅仅为了我自己，做出判断，我必须决定，必须选择，必须拒绝。我们沙门所寻求的是逃离自我的解脱，噢，至尊的圣者。如果我成为您的弟子之一，我担心可能发生这样的事，我担心我的自我只会表面上假装得到了平静与救赎，但实际上我的自我还在继续存在和生长。因为我会将教义、跟随您的责任、对您的爱，以及僧侣团体变成自我。"

乔达摩带着一丝微笑，用一种坚定又友善的目光看着这位陌生人的眼睛，并用一种几乎无法引起任何人注意的手势示意他离开。

"沙门僧，你很聪明。"这位至尊圣者说道，"你知道如何聪明地讲话，我的朋友。但要警惕你那过分的聪明！"

佛陀转过身离开了，他的目光和一缕微笑则永远地铭刻在了悉达多的记忆之中。

"我从未见过一个人像这样凝视和微笑，像这样打坐和行走。"悉达多想，"我真希望自己也能够像这样凝视和微笑，像这样打坐和行走，如此自由，如此庄严，如此深沉，如此开放，又如此天真和神秘。一个人只有成功地达到了自我的最深处，才会像这样目视和行走。这样的话，我也要寻求到达自我的最深处。"

悉达多心想："我见到了唯一一个在他面前我不得不垂下双眼的人。我不愿意在任何其他人面前垂下双眼，任何其他的教义都无法再吸引我，因为连这个人的教义也没有成功地将我吸引。"

"佛陀劫掠了我。"悉达多想，"他劫掠了我，却给予了我更多。他劫走了我的朋友，那个曾经信奉我现在信奉他的人，这个朋友曾经是我的影子，现在成了乔达摩的影子。但他却将悉达多给予了我，将我自己给予了我。"

觉醒

当悉达多离开树林，将那位佛陀、完满的圣人留在身后，将戈文达留在身后，他觉得自己也将从前的生活留在了身后的树林里，从此分离。他独自缓缓走着，沉思着，这种感觉充盈于心间。他深深地思索着，让自己像潜入深水那样沉入这种感觉的最底部，沉入事情的缘由之处。对他来说，认识缘由正是思考的本质，只有这样，感觉才能变为知识且不会消失，才会变得实在，散发出内在的光辉。

悉达多一边缓步前行，一边沉思着。他意识到自己不再是青年了，他已经成了一个成熟的男人。他感到某个东西已经离开了他，就像蛇蜕去旧皮一样，某样东西已经不在他身上了，它曾经伴随他整个青年时代，是他的一部分，那就是希望拥有老师并聆听教诲。他甚至离开了道路上出现的最后一位老师，拥有最高智慧的老师，那位最神圣的佛陀，他不得不与他分离，他无法接受他的教义。

沉浸在思索中，他越走越慢，他自问道："你想要从那些教义和教师那儿学到什么呢？他们教给了你很多，却没能教给你的究竟是什么？"然后，他发现："那是自我，我想要学习的是自我的意义和本质。一直以来，我想要摆脱和克服的就是自我。但是我却无法战胜它，只能欺骗它、逃离它、躲避它。的确，在这个世界上，没有任何事情能够像自我那样占据我的思绪，这是一个谜团：我存在，我是唯一的，与其他所有人都不同，独立存在着，我是悉达多！在这个世界上，我了解最少的莫过于我自己，莫过于悉达多！"

当这些想法抓住他时，这位缓缓独行的思考者停了下来，随即，另一种新的想法又从这些想法中冒了出来："我之所以对自己一无所知，之所以对悉达多感到陌生又未知，只是出于一个原因，唯一一个原因，那就是，我害怕自我，我在逃离自我！我追寻着阿特曼，我追寻着婆罗门，我希望将自我分割、解体，剥去它的外壳，以求在它不为人知的最深处发现所有表象的核心，即阿特曼、生命、神圣的存在以及那最终之物。但是，在这个过程中，我丢失了自我。"

悉达多睁开眼睛，望向四周，他的脸上浮现出一个笑容，一种从漫长的梦境中觉醒过来的感觉贯穿了他的全身。随即，他重新走了起来，现在，他的步伐轻快，就像一个知晓了自己的方向和使命的人那样。

"噢。"他深深地呼吸着、想着，"我不会让悉达多逃走了。我不会再以阿特曼和世间的苦难来开启我每天的生活和思考了。我不会再去扼杀、摧毁自我并试图在那些残骸中寻找隐藏的秘密了。我将不会再修习《瑜伽吠陀》《阿达婆吠陀》①，也不会再追随苦行僧或者任何其他教义。我会成为自己的老师、自己的学生。我要认识自我，发现悉达多的秘密。"

他环顾四周，像是第一次看见这个世界一样。这个世界美丽又斑斓，奇特又神秘。这里是蓝色的，那里是黄色的，那里又是绿色的，天空和河水流动着，森林和山脉伫立着，一切都美不胜收，一切都神秘又充满魔力，在这一切之中，他——悉达多，在觉醒时刻走上了通向自我的道路。所有这一切，所有这些黄色和蓝色，河流和森林，第一次跃入了悉达多的眼帘，

---

① 《阿达婆吠陀》：印度古代《吠陀》文献中的一部，分20卷，有731首诗，5975节。

进入了他的身体，它们不再是魔罗的幻术①，也不再是摩耶的面纱②，不再是世界表象无意义的随机存在，尽管这一切对那些蔑视多样性、追求统一性的有着深刻思考的婆罗门来说是可鄙的。但蓝色就是蓝色，河流就是河流，如果悉达多眼中的唯一和神圣性都隐藏在这些蓝色和河流之中，那么黄色和蓝色，天空和森林以及此处的悉达多恰恰是自然的安排，是神的意图。意义和实在并不在事物的背后，它们存在于事物本身，存在于一切之中。

"过去，我是多么迟钝，多么愚蠢啊！"他一边想着，一边快步前行，"一个人阅读一篇文章，想要发现它的意义，他不会蔑视那些符号和字母，将它们称之为虚幻的、偶然的、无意义的外壳，他会一字一句地阅读它们，研究并喜爱它们。然而，我本想读世界之书，读自我之书，却为了维护我预先推测的意义而蔑视那些符号和字母，我将表象的世界称为幻影，将

---

① 魔罗的幻术：据传释迦牟尼在菩提树下苦修期间，魔罗用洪水、火焰、雷鸣和闪电来攻击他，释迦牟尼不为所动。魔罗又让自己的三个女儿来诱惑他，依然毫无结果。释迦牟尼进入深定之中，在一个月圆之夜终于彻悟。因此，魔罗一直是诱惑、欲望和邪恶的代名词。
② 摩耶的面纱：这是一句俗语。摩耶既是神祇，也是哲学概念，指人的幻象、错觉。它是"我"的幻觉，它阻碍人认识真正的"我"。

我的眼睛、我的舌头称为偶然而无价值的幻象。这一切都够了。我已经觉醒了，真真切切地醒了，觉醒的这天就是我的新生之日。"

当悉达多思考着这些问题时，他又一次停了下来，就好像有一条蛇挡在了他面前的道路上。

突然间，他也意识到了，就像大梦初醒的人或者刚刚出生的婴儿，他必须重新开始他的生活，从头再来。那天清晨，当他离开至尊佛陀居住的祇园时，他已经觉醒了，已经走上了通往自我的道路，他自然而然地认为，在多年苦行僧的生活之后，他将要返回故乡，回到父亲身边去。但是现在，这一刻，当他仿佛被路上的蛇拦住去路时，他再度醒悟道："我不再是曾经的我了，不再是苦行僧，不再是祭司，也不再是婆罗门了。回到家乡和父亲身边我究竟能做什么呢？研究？献祭？修习冥想？但这一切都结束了，这一切都不在我的道路上了。"

悉达多一动不动地站在那儿，有一刻，他的心如坠冰窟。当他意识到自己多么孤独时，他感到自己的内心就像一只小动物，一只鸟或者一只兔子，因为寒冷而战栗着。多年来，他漂泊在外，却从未有过这样的感觉。现在，他有了这样的感觉。从前，即使是处于最深度的冥想之中，他仍旧是父亲的儿子，仍旧是一位身份尊贵的婆罗门，仍旧是一位僧侣。现在，他只是悉达多，只是一个觉醒的人，除此之外，什么也不是。他深深地吸了一口气，有一瞬间，他冷得颤抖起来。没有人像他一样孤独。每一个贵族都有属于贵族阶层的位置，每一个工匠都有属于工人阶层的位置，可以在其中安身立命，参与他们的生活，说着他们的语言。婆罗门与婆罗门生活在一起，苦行僧可以在沙门中求得庇护。即使森林中最与世隔绝的隐士也不是完全孤独的，他也有所归属，他也属于某一群体，那就是他的家。戈文达成了一个僧侣，成千上万的僧侣就是他的兄弟，穿着与他相同的衣服，有着与他相同的信仰，说着与他相同的语言。但是他，悉达多，他属于哪里？他应该过哪种人的生活？他应该跟什么样的人说一样的话？

从这一刻起，他周围的世界开始溶解并消失了。他像天空中的一颗星星那样孤独，这一刻，一种冰冷和沮丧的感觉油然而生，悉达多出现了，拥有着比之前更加坚定和牢固的自我。他知道，这是觉醒前的最后颤抖，分娩新生前最后的疼痛。随即，他立刻再度上路，迈着迅疾的脚步，不再朝着家的方向，不再奔向父亲的身边，不再顾盼回首。

第二部

卡玛拉

在自己的道路上，悉达多每迈出一步都会学到新的东西，因为这个世界已经变了，他的心陶醉其中。他看着太阳从树木繁茂的峰峦那儿升起，在远方棕榈树成行的海滩边落下。夜里，他看着天上列队的群星，新月宛如漂流在蓝色夜海上的一叶小舟。他看见了树木、星辰、动物、云朵、彩虹、崖壁、药草、花朵、溪流、河水，看见了清晨灌木丛上露珠的光辉，看见远处青绿的高山，鸟儿在歌唱，蜜蜂在低鸣，微风轻轻地吹拂过稻田。这千变万化、色彩斑斓的一切一直都存在着，日升月落，江河奔流，蜜蜂嗡鸣。然而，对从前的悉达多来说，这一切都不算什么，都不过是挡在他眼前的转瞬即逝、虚无缥缈的面纱，遭到怀疑，注定要被思想穿透和摧毁，因为它们不是本质，本质是不可见的。但是，如今，他那获得了自由的眼睛流连于此，看到并接受了这可见的世界，并且要在这个世界中寻找到家园。

他不再追求本质，不再将世界的另一边当作努力的目标。当一个人只是用简单而天真的目光看着这个世界，不去寻求本质，这个世界是多么美好！月亮和星星是多么可爱，溪流和河岸是多么可爱，森林和岩石、山羊和金龟子、花朵和蝴蝶，都是多么可爱。当一个人能够像这样，宛如孩童，头脑清醒，心胸开阔，不怀疑虑地走过这个世界，是多么美好愉悦。阳光洒在头顶的感觉不同了，树荫送来的清凉不同了，溪流和池水的味道尝上去不同了，南瓜和香蕉的味道也不同了。白日和黑夜都变得短暂。时光如风帆一样迅疾地掠过，帆下是一只满载着宝物和欢乐的船。悉达多在路上看见一群猴子在高高的树梢间奔走跳跃，发出狂野又渴望的叫喊；他看见一只公羊追赶着一只母羊并与它交配。在一片芦苇荡里，他看见一条梭子鱼正在为晚间的餐食而捕猎。一群群小鱼在他眼前惊慌地跃出水面，搅得湖面荡起粼粼波光，那位不知疲倦的捕食者在它身后留下阵阵回旋的水涡，空气里充满了力量和激情。

所有的这一切一直都存在，而曾经的他视若无睹，没有参与其中。现在，他身处其中，成为它的一部分。光和影在他的眼前穿过，星星和月亮在他的心间流转。

在路上，悉达多还回忆起了他在祇园精舍经历的一切，他聆听到的佛陀讲授的教义，同戈文达的告别，与至尊佛陀的对话。他再度想起了自己对佛陀所说的每一句话，惊讶地意识到他当时其实并不懂得自己所说的那番话。他对佛陀所说的一切，像是：佛陀的智慧和奥义不是他的教义，而是他在开悟的那一刻所体验到的不可言说、不可传授的经历——这些正是悉达多现在才开始经历、开始体会的东西。他必须自己去体验。很久以前，他就深知自己的自我是阿特曼，与梵天有着同样的永恒的本质。但是，他从未真正地发现过这个自我，因为他一直试图用思想编织的网去捕捉它。尽管肉体绝非自我，感官之识也非自我，但自我也不是思想、理智，不是习得的智慧，不是得出结论或者从前人思想中发展出新思考的学习能力。不，这个思想的国度仍旧在此岸，即使杀死感官的随机性自我，助长思想和知识的自我，人们仍旧无法达到目的。思想和感官都是美好的事物，终极的意义藏在这两者背后，两者都必须被倾听、被练习，任何一个都不能被轻视或者高估，人们必须去用心聆听内心最深处真理的秘密声音。除了这个声音所命令之事，他不会渴望任何东西，除了这个声音所建议之事，他不会再做任何停留。为什么乔达摩在那个受到启发的顿悟时刻坐在菩提树下？他听到了一个声音，一个来自他内心的声音，命令他在那棵树下去寻求安息，他没有去苦修、献祭、沐浴或者祈祷，没有吃或者喝，没有睡觉，也没有做梦，他服从了那个声音。像这样，不是服从外部的声音，而是服从内心的声音，为那一刻的到来做好准备，这很好，这是必须的。除此之外别无其他必须之事。

当天夜里，悉达多睡在河边一个摆渡人的茅屋里，他做了一个梦。戈文达穿着一身黄色僧衣站在他的面前。他面容悲伤，责问他道："你为什么抛弃了我？"悉达多拥抱了戈文达，将他拉入自己的怀中，亲吻着他，此时，他怀中的不再是戈文达，而是一个女人，丰满的乳房从她胸前敞开的衣襟那儿露出来。悉达多靠在胸旁开始吸吮乳汁，乳汁浓烈又甜美。它尝起来混合着男人和女人的味道，太阳和森林的味道，动物和花朵的味道，以及每一种果实和每一种享乐的味道。他陶醉其中，意识迷离。当悉达多醒来后，透过茅屋的门，他看见苍白的河水正在闪烁着细微的光芒，森林里传来猫头鹰深沉而嘹亮的叫声。

天亮以后，悉达多请求茅屋的主人，那位摆渡人，送他渡河。摆渡人用他的竹筏将他送去彼岸，宽阔的水面在晨曦中闪烁着绯红的光芒。

"这条河很美。"他对他的同伴说。

"是的，"摆渡人说，"这是一条非常美丽的河。我爱它胜过一切。我常常倾听它的声音，凝视它的眼睛，从它那儿学习。你能从一条河流中学到很多东西。"

"感谢你，善良的人。"一登上对岸，悉达多就开口说，"我没有礼物可以赠给你，也无法付给你酬劳。我是一个没有家的人，一个婆罗门之子，一个沙门。"

"这一点我已经看出来了。"摆渡人说，"我并没有想从你那儿得到礼物或者酬劳。将来有一天你会赠予我什么的。"

"你这么想？"悉达多觉得有趣，问道。

"当然。这也是我从这条河中学到的，世间的一切都会重来！你也是，沙门，你还会回来的。现在，再见吧！愿你的友谊成为我的酬劳。愿你在向诸神献祭时能记起我。"

他们微笑着道别了。悉达多微笑着，为摆渡人的友好和善意感到喜悦。"他就像戈文达。"悉达多微笑着想，"我在路上遇到的所有人都像戈文达。他们都心怀感恩，尽管他们自己本应当受到感谢。他们所有人都那么恭顺，都愿意成为我的朋友，乐于服从，很少思考。人们都是孩子。"

中午时分，他途经一个村庄。在泥土房前的小路上，孩子们在打滚玩闹，他们玩着南瓜子和贝壳，喊叫着、扭打着，在看到这个陌生的沙门后，他们就害羞地跑走了。在村庄的尽头，有一条顺着小溪延伸开的路，一个年轻的女人跪在溪水边洗衣服。悉达多向她打了个招呼，她抬起头微笑着看了他一眼，他看见她的眼睛里闪烁着光芒。他按照游行僧的方式对她致以了祝福，然后询问她去城市的路有多远。她站起来，向他走来，她湿润的嘴唇在那张年轻的脸上闪烁着光泽，十分美丽。她跟他开起玩笑，问他吃过饭没有，还问他沙门晚上是否真的独自睡在森林里，不允许和女人在一起。她一边说，一边把左脚放在他的右脚上，还做了一个手势，那是女人在邀请男人和她进行某种在《爱经》①中被称作"爬树"的爱欲游戏时会做的动作。悉达多感觉自己的血液开始燥热。此刻，他又想起自己的梦，他在这个女人面前弯下腰来，吻了吻她棕色的乳头。他抬起头，在她那张微笑的脸上看见了渴望的神情，她半闭的眼睛在渴切地恳求着他。

悉达多也感到自己充满了渴望，感到性欲的源泉在奔涌，但是他从未碰过女人，他犹豫了一会儿，手却已经做好了伸向她的准备。在这一刻，他听见了一个使他颤抖的声音，一个来

---

①《爱经》：是古印度一本讲述性爱的经典书籍，是世界五大古典性学著作之一。

自他内心的声音，这个声音说着"不"。一瞬间，那个年轻女人微笑着的脸上的魅力全都消失了，他看到的只是一头发情的雌性动物的迷离目光。他轻柔地拍了拍她的脸颊，转身离开，迈着轻盈的步伐消失在了竹林里，留下这个失望的女人。

这天傍晚，他来到了一个大城市，他很高兴，因为他想要进入人群之中。他在森林里住了太久，在摆渡人的茅草屋里度过的那一晚，是多年来他第一次睡在有屋顶的房间里。

在城外一座围着栅栏的美丽园林边，这位旅行者遇见了一小队仆人，他们有男有女，手提着花篮。队伍的中间，有一辆四人抬的装饰华丽的轿子，五颜六色的华盖下，放着大红色的坐垫，一位尊贵的女主人端坐其上。悉达多在花园的入口处停下了脚步，目视着这支队伍，目视着那些男仆、女仆、花篮、轿子以及轿中的贵妇人。她盘着高高的黑色发髻，有着一张明艳、精致又聪慧的面孔，鲜艳的红唇好似一枚新采摘的无花果，修剪过的眉毛高高地挑成一道弧形，黑色的眼睛聪明又敏锐，修长光洁的脖颈从金绿相间的衣服中伸出来，她有着一双白皙、纤长的手，手腕上戴着宽大的金镯子。

悉达多看到她如此美丽，心中充满喜悦。当轿子过来时，他深深地弯腰鞠躬，然后又直起身，看着那张明艳迷人的脸庞，他凝视着弯眉下那双灵动的眼睛片刻，并闻到了一阵他过去未曾闻过的芳香气味。某个瞬间，美丽的女人微笑着朝他点了点头，然后便在身后仆人的簇拥下消失在了园林中。

悉达多想：我是在一个迷人的吉兆中进入这座城市的。他产生了一股冲动，想要立即进入这座园林，但仔细一想后，他发觉，那些男仆和女仆们在入口处看向他的目光饱含着轻蔑和怀疑，不容他接近。

"如今我仍旧是一个沙门。"他想，"我还是一个苦行僧，一个乞讨者。我不能继续这样了，不能像这样走进这座园林。"

他笑了起来。

路边过来了一个行人，他向他打听了这座园林以及这个女人的名字，被告知这是卡玛拉的园子，她是这座城里的名妓，除了这座园林，她在城里还有一处宅邸。

然后，悉达多便向城里走去。现在，他有了一个目标。

为了追寻他的目标，他吸吮着这座城市的气息，他游荡在街上的人群之中，他在广场上静静地伫立，他在河边的石阶上歇息。傍晚时分，他认识了一个理发师的助手，他曾看见他在一座拱门的阴影里干活，后来在寺庙中祈祷时又遇见了他，他给他讲述了毗湿奴①和吉祥天女②的故事。那天晚上，悉达多在河边的一艘小船里过了夜。第二天一早，在第一批顾客到达店里之前，他让理发师助手帮他剃了胡子，修剪并梳理了他的头发，抹上了上好的香膏。然后，他到河边沐浴。

傍晚，当美丽的卡玛拉坐着轿子回到她的花园别墅时，悉达多正站在门口，他向她鞠躬致意，并接受了这位名妓的问候。随后，他向队伍末尾的一个仆人示意，让他告诉他的女主人，一个年轻的婆罗门想要同她说话。过了一会儿，这个仆人回来了，让这个年轻人跟着他，默默地将他引到了一座亭子里，卡玛拉正倚靠在亭中一张长椅上，仆人将他带到后就离开了。

"你不就是昨天站在外面同我打招呼的人？"卡玛拉问。

"是的，昨天我见过你并同你打了招呼。"

"但昨天你不还留着胡须和一头沾满灰尘的长发吗？"

"你观察得很仔细，什么都逃不过你的眼睛。你见到的是悉

①毗湿奴：印度教三大主神之一，他是保护之神，又叫护持神。在三大主神中，他是光明、仁慈和善良的化身。佛教中把他称为"遍入天"，因为毗湿奴这个名字包含有"无所不在遍及一切"的意思。他被视作存在的绝对、本源和本体，甚至整个世界，不过以毗湿奴的形态显现而已。
②吉祥天女：印度教的幸福与财富女神，是毗湿奴的妻子。名称最早见于《梨俱吠陀》，在《阿达婆吠陀》中被人格化。

达多，婆罗门之子，他离开家成为一个沙门，已经有三年了。如今，他已经抛弃了那条道路，来到了这座城市，在进入这座城市之前，他见到的第一个人就是你。噢，卡玛拉，我来到这里，就是为了告诉你这件事，你是第一个让悉达多没有垂下目光去交谈的女人。以后当我再遇见任何美丽的女人，我都不会将目光垂向地面了。"

卡玛拉微笑起来，手里玩着她那柄孔雀羽毛的扇子。她问道："悉达多，你来这儿就是为了告诉我这件事吗？"

"是为了告诉你这件事，也是为了感谢你，你是如此美丽。倘若这不会冒犯你，卡玛拉，我请求你做我的朋友和老师，因为你熟练掌握的那门技艺，我还一无所知。"

听到这儿，卡玛拉放声大笑起来。

"我从未遇见过这样的事，来自林中的沙门找上我，想要从我这里学习！我从未遇见过这样的事，一个留着长发，穿着一块破旧缠腰布的沙门找上我。许多年轻人来到我这儿，其中也有不少婆罗门之子，但他们都衣着华丽，脚穿精美的鞋履，头发上喷着香水，口袋里满是银钱。噢，沙门，来找我的年轻人都是这样的。"

悉达多说："我已经开始向你学习了。昨天我就学到了一点东西。我剃掉了胡子，梳理了头发，还抹了香膏。我所欠缺的已然不多。啊，最美丽的女人，我只缺少华丽的衣裳、精美的鞋履，以及口袋中的银钱。你可知，我曾设下比这些琐事艰难得多的目标并且实现了。我怎么会做不到昨天下定决心要达成的目标呢？我要成为你的朋友，从你那里学习爱之快乐！你会看到我是一个擅长学习的人。卡玛拉，我已经学会了比你会教给我的东西更难的事情。所以，告诉我，现在这个头上抹了香膏，但没有衣服、鞋子以及钱财的悉达多不能让你满意吗？"

卡玛拉笑着说："不，亲爱的，他还不能让我满意。他必须要有衣服，华丽的衣服，还有鞋子，精美的鞋子，他的口袋里还得有数不清的钱，以及给卡玛拉的礼物。现在，来自林中的沙门，你明白了吗？你能记住吗？"

"我当然能记住。"悉达多喊道，"我怎么会记不住从这样一张嘴里说出来的话？你的嘴唇就像一颗刚采摘下来的无花果，卡玛拉。我的嘴唇也鲜活红润，你会发现，它们十分相配。但是，告诉我，美丽的卡玛拉，你一点儿都不害怕这个从林中来向你学习爱的艺术的沙门吗？"

"我为什么要害怕一个沙门？一个长期生活在豺狼中，甚至不知道女人是什么的来自林中的愚蠢沙门，我为什么要害怕？"

"噢，这个沙门很强壮，不畏惧任何事情。他可能会强迫你。美丽的女孩，他可能会劫掠你。他可能会伤害你。"

"不，沙门，我不害怕这个。一个沙门或者一个婆罗门会害怕有人来抓住他，夺去他的知识、他的虔诚、他深邃的思想吗？不，他不会害怕，因为这些东西是属于他的，他只会把它们给予自己愿意给予的人。卡玛拉的爱和快乐也是如此。卡玛拉的嘴唇鲜红又美丽，但是要是违背她的意愿去亲吻它，你不会得到一丝甜蜜，尽管它其实能够提供非常多的甜蜜。你是一个乐于学习的学生，悉达多，所以，你也学一学这个吧。你可以乞求爱、购买爱、被赠予爱、在街上找到爱，但你却没法窃取爱。你的想法是错误的。像你这样英俊的年轻人要是误入歧途，那会让人感到遗憾。"

悉达多向她鞠了一躬，微笑着说："你是对的，卡玛拉，那确实会令人遗憾，非常遗憾。不，你嘴里的任何一滴甜蜜都不会被浪费，你也会饱尝我的甜蜜。让我们约定，等到悉达多得到了他现在欠缺的东西——衣服、鞋子和钱财，他会再次回来的。不过，亲爱的卡玛拉，你能再给我一点建议吗？"

"建议？当然可以。谁会拒绝给一个来自森林豺狼群中的贫穷又无知的沙门的建议呢？"

"那么，亲爱的卡玛拉，请告诉我，要尽快地找到这三样东西，我应该去哪里呢？"

"朋友，这是许多人都想要知道的事情。你必须通过你会做的事情来跟人们交换钱财、衣服和鞋子。对于一个穷人来说，没有别的途径得到金钱。你会做些什么呢？"

"我会思考。我会等待。我会斋戒。"

"就这些吗？"

"是的……不，我还会写诗。你会为了一首诗给我一个吻吗？"

"如果这首诗能让我高兴的话，那么就可以。它是什么诗呢？"

悉达多思索了片刻，念道：

佳人卡玛拉步入她的浓荫花园，

棕黑的沙门于花园门扉伫立。

当他望见那盛放之荷，

深深折腰致意，

佳人报以微笑，

年轻的心不禁思绪翩跹。

向诸神献祭固然美妙，

又怎比献祭于佳人卡玛拉。

卡玛拉大声地拍手鼓掌，金手镯发出叮当的响声。

"棕黑的沙门，你的诗真美！确实，给你一个吻，我不会有任何损失。"

她用目光将他吸引过来，他垂下脸，面对着她，将双唇贴在她那张如刚采摘的无花果一样的嘴唇上。卡玛拉吻了他很久，悉达多深感惊讶，察觉到她是如何在教导自己，她是多么的聪明；他察觉到她在如何控制他、推开他又诱惑他，在这个初次的深吻之后还有一长串娴熟的、诱人的吻在等待着他，每一个都与其他的有所不同。他站在那里，深深地喘息着，那一刻，他就像是一个孩子，对展现在他眼前的如此之多的值得了解和学习的东西感到惊讶。

"你的诗多美啊！"卡玛拉叹道，"如果我是个有钱人，我会给你一些金币。但是你想要用诗歌赚到你需要的钱是很难的。因为如果你想成为卡玛拉的朋友，需要很多很多钱。"

"你太擅长接吻了，卡玛拉。"悉达多结结巴巴地说道。

"是的，我擅长接吻，这也是我为什么不缺衣服、鞋子、手镯或者任何其他美丽的东西。但你会什么呢？除了思考、斋戒和写诗之外，你别无所长吗？"

"我会唱献祭的圣歌。"悉达多说，"不过我再也不想唱它们了。我还知道咒语，但我也不想念诵它们了。我还会读经文……"

"等一等，"卡玛拉打断他，"你会读书写字？"

"当然，我会这些。很多人都会。"

"大多数人都不会。我也不会。你会读书写字，这很好，非常好。你也会发现能用到咒语的地方。"

这时，一个女仆跑了过来，在她的女主人耳边低语了几句。

"有客人来了。"卡玛拉大声道，"赶紧，离开这儿，悉达多，不能让任何人看见你在这儿，记住！明天我会再见你的。"

她命令女仆给这位虔诚的婆罗门拿一件白色的外袍，悉达多还没有完全弄明白发生了什么事就被女仆拉出了门，他们顺着一条弯曲的小路来到了花园中的一间房子，在那儿他拿到了一件白色的衣服，接着又被带进了灌木丛，女仆急匆匆地告诫他要尽快离开这座花园，别被人发现。

悉达多心情愉悦地按照女仆的吩咐做了。凭借着对园林的熟悉，他一声不响地走出了园林，翻过了篱笆。他心满意足地回到了城里，胳膊下夹着那件卷起的衣服。然后，他站在旅客聚集的客栈门前，默默地乞食，默默地接受了一块米糕。他想，或许明天他就不再乞食了。

突然，他生出一股自尊感。他不再是沙门了，乞讨已经不再适合他。他把米糕扔给了一条狗，而自己则没有吃任何东西。

"人们在这个世界上所过的生活是非常简单的。"悉达多心想，"这没有任何困难。当我还是一个沙门时，一切都很困难，一切都很辛苦，终点充满了绝望。现在，一切都很简单，就像卡玛拉给我教授的那节亲吻课一样简单。我只是需要衣服和钱罢了，这是一个又小又近的目标，不会让人辗转难眠。"

他早已打听到了卡玛拉在城里的房子，第二天，他就出现在了那儿。

"事情很顺利。"卡玛拉在看到他时大声说道，"卡玛斯瓦密正在等着你去见他，他是这座城市里最富有的商人。如果他看中了你，会让你为他工作。机灵点，棕黑的沙门。我让别人告诉了他关于你的事情。对他礼貌一点，他很有权势。但不要卑躬屈膝！我不想让你变成他的奴仆，你要与他保持平等，否则我不会对你满意的。卡玛斯瓦密已经开始变得衰老、懒散。如果他喜欢你，他会给你很多东西的。"

悉达多笑着对她表示了感谢，当她知道他昨天和今天都没有吃任何东西以后，她就叫人去拿了面包和水果招待他。

"你很幸运。"分开时，她对他说，"一扇接一扇的门为你打开。为什么会这样？你会魔法吗？"

悉达多说："昨天，我告诉你我知道如何思考、等待和斋戒，但你觉得这是无用的。但是，卡玛拉，你会发现这其实对很多事情都管用。你会发现这个来自林中的愚蠢沙门可以学习和做到很多别人无法做到的漂亮事。前天，我还是一个蓬头垢面的乞丐，昨天，我就亲吻到了卡玛拉，很快，我就会成为一个商人，拥有财富和所有你看重的东西。"

"确实如此。"她承认道，"不过没有我，你会在哪儿呢？如果卡玛拉不帮助你，你会是什么样呢？"

"亲爱的卡玛拉。"悉达多站直了身体，说，"当我走进你的园林时，我迈出了第一步。我决心向这位最美丽的女人学习爱情。从那一刻起，我就下定了决心，同时，我也知道我会完成它的。我知道你会帮助我，从我在花园的入口处见到你的第一眼起，我就知道了。"

"如果我不愿意呢？"

"你会愿意的。看，卡玛拉，当你将一块石头投入水中，它会以最快的速度沉入水底。当悉达多有了目标、下定决心时，也是如此。悉达多什么也不做，他等待，他思考，他斋戒，他像石头穿过水流一样穿过世间万事万物，无须行动，无须费力，只是被牵引着任凭自己坠落。他的目标牵引着他，因为他不会让任何与其目标相违的事情进入他的灵魂。这就是悉达多在沙门那里学到的事情。这就是愚人所说的魔法，他们认为这是被魔鬼所操纵的。然而，没有什么是被魔鬼所操纵的，也根本没有魔鬼。每个人都可以施展魔法，达到自己的目标，只要他能够思考、等待和斋戒。"

卡玛拉聆听着他的话。她喜欢他的声音，也喜欢他眼中的神情。

"或许确实如此。"她静静地说，"正如你所说的那样，朋友。但事情也有可能是这样，悉达多是一个英俊的男人，他的目光能取悦女人，因此，好运落到了他的头上。"

悉达多用一个吻来同卡玛拉告别。

"但愿如此，我的老师，但愿我的目光能够取悦你，但愿我总是能从你那儿获得好运。"

在世间

悉达多去拜访商人卡玛斯瓦密，他来到了一座富丽堂皇的宅邸，仆人们指引他走过珍贵华丽的地毯，进入了一间屋子，他在那儿等待着这座宅邸的主人。

卡玛斯瓦密走了进来，这是一个行动灵活而敏捷的人，有着灰白的头发，一双极其聪明又谨慎的眼睛，嘴巴流露出贪欲。主人和来客互相礼貌致意。

"我听说了。"商人开口道，"你是一位婆罗门，一位饱学之士，但却想要为一个商人效劳。婆罗门，你是否陷入了什么困境，所以才来寻求帮助？"

"不。"悉达多说，"我没有陷入困境，此前也从未陷入过任何困境。你应该知道，我从沙门那儿来，曾和他们生活过很长一段时间。"

"如果你来自沙门，你怎么会没有身陷困境？沙门不是一无所有吗？"

"我确实没有任何财产。"悉达多说，"如果你指的是这个的话。我的确一无所有。但我是自愿变成这样的，所以这不能算困境。"

"但是如果你什么都没有，要靠什么生活呢？"

"先生，这之前我从未想过这个问题。我已经整整三年没有任何财产了，也从未想过要依靠什么生活。"

"那么你就是在靠别人的财产生活。"

"毫无疑问，确实如此。商人也在依靠别人的财产生活。"

"说得好。但是他不会白白拿走别人的钱财，他给予他们货物作为交换。"

"事实确实如此。每个人都要付出，每个人都会获得。这就是生活。"

"不过，请允许我问一句，如果你一无所有，你能付出什么呢？"

"每个人都付出他拥有的东西。武士付出力量，商人付出货物，老师付出教义，农民付出稻米，渔民付出渔获。"

"很对。那你能付出的是什么呢？你所学的是什么呢？你的能力是什么？"

"我能够思考。我能够等待。我能够斋戒。"

"就这些？"

"是的，就这些。"

"这些东西有什么用呢？比如说斋戒，有什么用处呢？"

"斋戒是很好的，先生。当一个人没有东西可吃时，斋戒是他能够做的明智的事。比如说，如果悉达多没有学会斋戒，那在今天之前，他就不得不随便找个活儿干，不管是在你这里还是在其他地方，饥饿会迫使他这么做。但是像这样的情况，悉达多可以平静地等待，他不会急躁，不会困窘，即使被饥饿长时间围困，他也可以一笑置之。这就是斋戒的好处所在。"

"你是对的，沙门。等一下。"

卡玛斯瓦密离开了房间，片刻后，拿着一个卷轴回来了，他将它递给客人，问："你能读这个吗？"

悉达多看着卷轴，那上面写着一份买卖合同，他开始读它的内容。

"很好。"卡玛斯瓦密说，"你可以在这张纸上给我写点什么吗？"

他递给他一张纸和一支笔，悉达多写完后将纸递了回去。

卡玛斯瓦密读道："写作虽好，思考更佳。聪慧虽善，忍耐更佳。"

"写得真好。"商人赞赏道，"我们还有很多事情需要讨论。今天，我邀请你做我的宾客，在我的家里住下。"

悉达多道了谢，接受了这个邀请，自此以后就住进了这个商人的家里。仆从为他送来了衣服和鞋子，每天都有人为他准备沐浴的东西。在这里，一天有两顿丰盛的餐食，但悉达多一天只吃一顿，既不吃肉也不饮酒。卡玛斯瓦密跟他讲了自己的生意，带他去看了商品和储藏室，教会了他如何算账。悉达多学会了很多新的东西，听多言少。他记得卡玛拉的话，从不对这个商人卑躬屈膝，强迫他以平等的方式对待他，甚至超过了平等。卡玛斯瓦密小心谨慎地经营着自己的生意，常怀热情，而悉达多则将这一切看作一个游戏，他努力地学习如何准确地掌握游戏规则，对内容则无动于衷。

在卡玛斯瓦密的家里没住多久，悉达多就参与到他的生意中。然而，每天，他都按照约定的时间，穿着华丽的衣服和鞋子去拜访美丽的卡玛拉，不久后还开始给她带去礼物。她那聪明、红润的嘴唇教会了他很多事情。她那双纤细、灵巧的手也教会了他许多事情。在爱情的问题上，他还是一个孩子，总是会盲目而不加节制投身到快乐的深渊中，卡玛拉教导他，人如果不给予快乐，就无法得到快乐，每一个动作、每一次爱抚、每一次触摸、每一个眼神以及每一寸肌肤都有它的秘密，唤醒这些秘密能够给拥有这种知识的人带来幸福。她教导他，一对爱侣在情爱过后不应该立马分离，他们还应该继续爱抚直到对彼此倾倒，将彼此征服，这样他们就不会觉得厌烦或者乏味，也不会产生利用或者被利用了感情的不安。在这位美丽又智慧的情爱艺术家的陪伴下，悉达多度过了许多美妙的时光，他成了她的学生、她的爱人、她的朋友。在这里，而不是在卡玛斯瓦密的生意中，他获得了现在生活的价值和意义。

这个商人将书写重要信件和合同的工作交给了悉达多，并且开始习惯和他商讨一切重要的事务。很快，他就发现，悉达多对谷物和棉花、航运和贸易知之甚少，他在靠着运气行事，另外，比起商人，他更加沉着冷静，也更善于倾听以及理解陌生人的想法。

"这个婆罗门。"他对一个朋友说，"这不是一个合格的商人，也永远不会成为一个合格的商人，做生意时，他的灵魂没有任何激情。但他具有让成功自动降临到他身上的神秘能力，他或许生来就福星高照，或许他会魔法，也或许这是他从沙门那儿学来的本领。他做生意似乎总是像在玩游戏，它们从没有真正地成为他的一部分，它们从来没有统治过他，他从不害怕失败，也不会因为失败而沮丧。"

有朋友建议这个商人："在他为你打理的那些生意中，给他三分之一的利润，但如果有损失，他也要承担相应的损失。这会让他更加尽心。"

卡玛斯瓦密接受了这个建议。然而，悉达多仍旧不甚在意。生意做成了，他就平静地接受那三分之一的利润，生意亏损了，他就笑着说："噢，看，这一次做得不太好！"

他似乎真的对这些生意上的事情毫不关心。有一次，他前往一个村庄，计划购买一大批稻米，但当他到那儿时才发现，稻米已经被其他的商人买走了。尽管如此，悉达多还是在这个村庄停留了几天，他为农民们准备了丰盛的大餐，给他们的孩子分发铜钱。他还参加了一次婚礼，之后才心满意足地结束了这趟旅程。回去后，卡玛斯瓦密责备他没有立即回来，浪费了时间和金钱。悉达多回答说："请不要指责了，亲爱的朋友！责备不能达成任何事。如果有损失，就让我来承担吧。我对这次旅程非常满意。我认识了各种各样的人，一个婆罗门成了我的朋友，孩子们坐在我的膝头，农民们向我展示了他们的田地，没有人把我当作一个商人。"

"这些听起来都不错。"卡玛斯瓦密愤怒地喊道,"但是,你实际上是一个商人!我必须得说出这一点。还是说你只是为了玩乐才去进行这次旅行的?"

"当然。"悉达多笑道,"我当然是为了玩乐才去旅行的。不然为了什么?我认识了很多人,了解了很多地方,我收到了很多善意和信任,获得了友谊。瞧,亲爱的,如果我是卡玛斯瓦密,一看到不可能交易,我就会恼怒地匆忙往回赶,可时间和金钱已经失去了。但像我这样,我度过了美好的几天,学到了一些东西,收获了快乐,我没有因为愤怒和匆忙伤害自己或者别人。如果有一天我再次回到那儿,也许是去购买下一季的农收,或者任何其他原因,我都会受到人们友好而热情的招待,那时我将称赞并庆幸自己之前没有流露出任何匆忙和不快。所以,就这样吧,我的朋友,别用责骂来伤害自己!如果有那么一天,你认为,这个悉达多在伤害你,那么只需要说一个字,悉达多就会离开去走自己的路。但是,在那之前,让我们还是友好地相处吧。"

商人试图说服悉达多,让他认识到他是在吃着卡玛斯瓦密的面包,然而却徒劳无功。悉达多认为他吃的是自己的面包,或者说他们两个人都在吃着别人的面包,吃着普罗大众的面包。

悉达多从不关心卡玛斯瓦密的烦恼，而卡玛斯瓦密有很多烦恼。比如说，一桩眼看着就要失败的交易，一批货物遭受了损失，或者某个借贷人无力偿还债务。卡玛斯瓦密从来都不能说服悉达多，让他明白表达忧虑或愤怒，紧锁眉头，或者夜不能寐能够带来什么好处。有一次，卡玛斯瓦密责备悉达多，说悉达多所知道的一切都是从他那儿学来的。悉达多回答说："请不要和我开这样的玩笑！从你那里，我学到了一筐鱼值多少钱，一笔借贷可以收取多少利息。这些是你的知识。我没有从你那儿学会如何思考，尊敬的卡玛斯瓦密，如果你试着从我这儿学学这一点会更好！"

事实上，他的心的确不在做生意上。做生意的好处只是让他有钱赠予卡玛拉，尽管他得到的钱已经远超所需。除此之外，只有那些对悉达多来说曾遥远得如同月亮一般的陌生人，他们的交易、手艺、烦恼、乐趣以及愚蠢能引起他的兴趣。他能够轻而易举地与每个人交谈，跟每个人相处，向每个人学习，但他仍旧感到有什么东西将他和这些人分开了，那个东西就是他曾经的沙门生活。他看见人们像孩童或者动物那样生活，这让他既爱慕又蔑视。他看到了他们的挣扎，目睹了他们为了一些在他看来毫无价值的东西——譬如金钱、琐碎的快乐和荣誉——遭受折磨，变得衰老。他看见人们互相责骂和侮辱，看见他们为了只会令沙门付之一笑的痛苦而哭泣，或者为了沙门根本注意不到的损失而痛苦。

悉达多接受这些人带给他的一切。他欢迎向他兜售麻布的商人，欢迎向他借贷的人，欢迎花上一个小时向他讲述自己的贫苦遭遇的乞丐，尽管他的贫困程度还不及一个沙门的一半。他对待那些富有的外国商人，对待为他理发的仆人，对待在买香蕉时故意骗去自己一点零钱的街头小贩，没有任何不同。当卡玛斯瓦密来找他，对他抱怨自己的烦恼，或者指责他有关生意的事情，他都好奇而快乐地听着，同时感到惊讶，试图理解他，在必要时做出一点儿让步，然后就转过身去，走向下一位对他表示需要的人的身边。有许多人来找他，有的为了和他做生意，有的来欺骗他，有的试图打探他，有的来获得同情，还有的则是为了寻求建议。他给出建议，表示同情，赠予礼物，甚至让他们小小地欺骗自己一下，所有这些游戏以及人们追逐它的热情完全占据了他的思想，就像当年诸神和沙门占据他的思想的情形一样。

有时，他感到在自己的内心深处有一个垂死的、安静的声音在悄悄地告诫他、责备他，这声音轻微得几乎让他毫无察觉。

然后，在某些时刻，他意识到自己在过着一种奇怪的生活，意识到自己所做的这些事情不过是游戏，尽管他也会时不时地感到快乐、愉悦，然而，真正的生活仍旧从他身边溜走了，并没有碰触到他。就像玩球的人用球来游戏，他则是在与生意游戏，与他周围的人游戏，观察着他们，从中得到乐趣，而他的心，他存在的源泉，则并没有与他们同在。那真正的源泉跑到了离他很远的地方，跑啊，跑啊，直到消失不见，与他的生活再无任何关系。有几次，这样的想法突然让他感到恐惧，他希望自己能够怀着热情和真心投入到这种孩童般天真的生活之中，真正地生活，真正地行动，真正地享受和活着，而不是仅仅作为一个旁观者。

他一次又一次地回到美丽的卡玛拉的身边，向她学习爱的艺术，践行爱的礼拜，只有在这种爱的仪式中，给予和索取才比其他任何时候都更加合二为一地融在一起，他与卡玛拉交谈，向她学习，给予她建议，又从她那儿得到建议。她比过去的戈文达更为理解他，她与他更为相似。

有一次，他对她说："你和我很像，你和大多数人都不同。你是卡玛拉，而非他人，在你的内心中，有一处宁静的避难所，在任何时刻你都可以去那儿，让自己像是回家了一样，我也是如此。很少有人拥有这个东西，尽管每个人其实都可以拥有。"

"不是所有人都是聪明的。"卡玛拉说。

"不对。"悉达多说，"和聪明与否无关。卡玛斯瓦密和我一样聪明，但他仍旧没有内心的避难所。另外一些人有，而心智却如同孩童。卡玛拉，很多人就像一片落叶，随风而动，在空中旋转、摇摆，然后落到地上。而其他少数人则像星辰，他们走在固定的轨道上，风无法撼动他们，他们的心中有自己的律条和轨道。在所有智者和沙门中——其中很多我都认识——只有一个这样的人，一个完满的人，我永远无法忘记他。他就是乔达摩，他是至尊佛陀，传播着教义。成千上万的追随者日日聆听他的教海，每时每刻都遵从着他的指引，但他们都是落叶，他们的心中并无教义和律条。"

卡玛拉微笑着看着他。"你又在谈论他了。"她说，"你又有了沙门的思想了。"

悉达多什么也没说，他们开始玩起爱的游戏，这是卡玛拉所熟知的三四十种爱之游戏中的一种。她的身体柔韧灵活，如同一只美洲豹，又像猎人的弓，凡是从她那儿学习性爱艺术的人，都能够获得各种各样不同的乐趣和秘密。她与悉达多长时间地嬉戏，引诱他、拒绝他、强迫他、拥抱他，享受他高超的技巧，直到他被征服，筋疲力尽地躺在她的身边。

这位妓女向他弯下腰，久久地注视着他的脸庞，凝视着那双已流露出疲惫的眼睛。

"你是最好的情人。"她若有所思地说，"是所有我曾有过的情人中最好的一个。你比别人更加强壮，更加柔韧，也更加热情。你已经将我的技艺学得很好了，悉达多。到了某个时候，我年龄更大的时候，我会想要给你生一个孩子。但是，亲爱的，你还是一个沙门，你还是不爱我，也不爱任何人。不是吗？"

"大概确实如此。"悉达多疲惫地说，"我与你相似。你也不爱任何人，否则你怎么能将爱当作一门技艺来操作呢？或许，我们这样的人都没有爱的能力。儿童一样天真的人们可以，那是他们的秘密。"

轮回

在很长一段时间里，悉达多过着一种世俗的欲望生活，尽管他的内心并不在世俗中。那些在狂热沙门岁月中被扼杀的感官重新苏醒了，他尝到了财富，尝到了欲望，尝到了权力，尽管如此，长久以来，他在内心深处仍旧是一个沙门，聪明的卡玛拉捕捉到了这一点。指引他生活的仍旧是思考、等待和斋戒的艺术，而这世上的人，那些孩子似的人，对他来说依然陌生，正如他在他们眼中也依旧陌生。

一年年过去，在优渥的生活中，悉达多几乎感觉不到时间的流逝。他变得十分富有，早已拥有了自己的宅邸和仆人，还拥有了位于城郊河边的一座花园。人们喜欢他，每当他们需要钱或者建议时就会去拜访他，但没有人与他亲近，除了卡玛拉。

在他的青年时代，在聆听乔达摩讲道以及和戈文达分别后，他曾经历过那种崇高而明亮的觉醒，那种热切的期待，那种不追随老师或者教义的令人自豪的独立，那种倾听自己内心神圣声音的顺从的意愿，但这一切都已渐渐变成了回忆，成为过去。曾经近在咫尺的、在他的心中高声响起过的神圣源泉的声音，如今已变得遥远又微弱。然而，许多他从沙门那儿学到的东西，从乔达摩那儿学到的东西，从他的父亲和婆罗门那儿学到的东西，仍在他那里保存了很长一段时间，譬如，节制的生活、思考的乐趣、修行的习惯，以及那既不属于身体也不属于意识的永恒的自我的秘密。它们中的一部分留存了下来，而另外的部分则一个接一个地沉没，被掩埋于尘土之下。正如陶工的转轮，一旦开始转动就会持续转动很久，然后慢慢地磨损、减缓，直到最终停下来，禁欲主义的转轮、思想的转轮以及分辨的转轮在悉达多的灵魂中转动了很长一段时间，它们仍旧在旋转，只不过开始变得缓慢又犹豫，接近于停顿。慢慢地，就像湿气渗进垂死的树干，缓缓地将其填满，使其腐烂，世俗和懒散也侵入了悉达多的灵魂，慢慢将它填满，让它变得沉重、疲惫，使他困倦。与此同时，他的感官却觉醒了，它们学到了很多，体验了很多。

悉达多学会了做生意、玩弄权力、与女人寻欢作乐，学会了穿华丽服装、对仆人们发号施令、在芳香馥郁的水中沐浴。

他学会了吃精心烹制的食物，如品尝鱼类、牛羊肉类和家禽，享用香料和甜食。他学会了饮酒，这让他变得懒散又健忘。他学会了掷骰子和下棋，欣赏舞女的表演，坐着轿子闲逛，睡在柔软的床上。但他仍觉得自己与其他人不同，觉得自己比他们优越，他仍旧带着一种蔑视、一种嘲讽看待世人，那是一个沙门对世俗常常怀有的不屑。每当卡玛斯瓦密感到烦恼、愤怒，每当他觉得自己受到侮辱，或者因为生意上的烦恼而备受折磨时，悉达多总是用嘲笑的目光在一旁冷眼相看。只是，慢慢地，在不知不觉中，随着一个个收获季和雨季的过去，他的轻蔑和优越感逐渐减弱。随着财富的不断增长，慢慢地，悉达多也开始沾染上世俗之人那孩童般的特质，有了孩童般的行为和恐惧。然而，他羡慕他们，越是变得与他们相似，他就越是羡慕他们。他羡慕他们拥有自己缺乏的东西，羡慕他们对自己生活的重视，羡慕那种充满激情的欢乐和恐惧、那种不断追逐爱情所带来的不安却又甜蜜的幸福。他们永远都爱自己，爱女人，爱他们的孩子，爱荣誉和金钱，爱计划和希望。但他没能从他们身上学会这种孩子气的快乐和愚蠢，他所学会的只是他自己鄙夷的令人不快的东西。这种情况越来越多：在整夜狂欢后的第二天，他会久久地躺在床上，感到呆滞又疲倦。当卡玛斯瓦密用他的烦恼来打扰他的时候，他会变得暴躁和不耐烦。当他赌博输掉时，他会笑得过分大声。他的面孔看上去仍旧比其他人更加聪明和有灵性，但那上面的笑容越来越少，渐渐开始出现富人脸上常有的那些神情，那种不满足的、病态的、阴郁的、懒惰的和缺乏爱的神情。渐渐地，他染上了富人们的灵魂上的疾病。

像一层薄纱，像一层轻雾，一种疲倦感落在了悉达多身上，慢慢地，一天比一天更浓厚，一天比一天更晦暗，一天比一天更沉重。就像一件新衣服会随着时间变旧，失去它美丽的颜色，变得肮脏、发皱，接缝处开始磨损，到处都出现了破洞，悉达多在离开戈文达之后开始的新生活也变得旧了，随着岁月的流逝，失去了它的颜色和光泽，聚集起污渍和褶皱，那隐藏在表面之下的幻灭和恶心已经开始四处显现。悉达多没有注意到这一点。他只注意到那个曾唤醒他并在他最好的时候指引他的嘹亮又坚定的声音已经沉默无声了。

他被尘世困住了，享乐、欲望、冷漠以及那个一直以来被他视为最愚蠢、最应鄙弃的陋习——贪婪——俘获了他。财产、所有权和财富最终捕获了他。对他来说，它们不再是游戏、琐事，而是成了枷锁和负担。一条奇怪又险恶的道路最终将悉达多引入了最后的也是最卑劣的堕落之地——赌博。自从悉达多在心中放弃了做一个沙门后，他就开始了这种以金钱和珠宝为抵押的追逐游戏，过去他将它们视为世人的一种习俗，带着嘲弄和漫不经心参与过一些，如今却狂热地深陷其中。作为赌徒，他令人生畏。很少有人敢挑战他，因为他的赌注很大，不计后果。他赌博是出于心灵的焦灼，在赌博中挥霍和豪掷那些可怜的金钱给他带来了一种愤怒的快乐，没有其他方式能够更直接、更嘲讽地展现他对商人们拜金的鄙视。他无动于衷地高额投注。鄙视自己，嘲讽自己，赢了成千上万又输掉成千上万，他输光了钱，输光了珠宝，输光了乡间别墅，又赢回来，又输掉。他喜欢那种恐惧，在掷骰子时对失去高额赌注所感到的可怕又压抑的恐惧。他一次又一次地翻新、增加、刺激它以获得更强烈的感受，因为只有在这种恐惧中，他才会在自己那疲惫、乏味又平淡的生活中感觉到某种快乐、某种陶醉、某种富有生气的东西。每次输掉一大笔钱后，他就会努力地去寻求新的财富，更加狂热地经营生意，更加严厉地催促借贷者偿还债务，因为他还想继续赌博，继续挥霍一切，继续显示他对财富的蔑视。悉达多面对金钱的损失不再沉着冷静，他对那些迟迟不能还清债务的人失去了耐心，他对乞丐也不再仁慈，也不再对人施舍或者借钱给那些向他乞求的人。那个在赌博中一掷千金、一笑而过的人在生意上却变得更加严苛和吝啬，有时候，他晚上甚至会梦见金钱。每当他从这可怕的梦境中醒过来，每当他在卧室墙上的镜子中看见自己那愈加衰老和丑陋的脸，每当他受到羞耻心和恶心的攻击，他就会逃得更远，逃到更多的赌博中去，用肉欲和酒精来麻醉自己，然后又回到攫取和积累财富的冲动之中。在这个毫无意义的循环中，他变得越发疲惫、衰老和病弱。

然后，有一天，他做了一个警示的梦。当晚，他和卡玛拉在她美丽的花园中待了几个小时。他们坐在树下交谈，卡玛拉言辞沉重，话语中隐含着悲伤和疲倦。她让悉达多给她讲述乔达摩的故事，她总是听不够，譬如，他的眼睛有多么纯洁，他的嘴唇有多么优美，他的微笑有多么亲切，他的步伐有多么平和。悉达多不得不跟她讲了很久关于佛陀的故事，卡玛拉叹了一口气说："有一天，或许就在不久之后，我也会追随这位佛陀。我会把我的花园作为礼物献给他，接受他的教导。"

然而，接下来，她却开始引诱他，带着痛苦的激情与他进行爱欲游戏，紧紧地抱住他，流着泪亲吻他，就好像要从这徒劳的、短暂的快乐中挤出最后一滴甜蜜。奇怪的是，悉达多从未如此清楚地意识到，欲望和死亡是如此紧密相连。他躺在卡玛拉的身旁，她的脸紧贴着他，在她的眼下和唇边，他第一次读出了悲哀的痕迹，那些由细微的线条、浅淡的纹路书写出的痕迹，让人想起秋天和暮年，就像悉达多，在不惑之年就已在黑发中发现了白发的踪迹。卡玛拉那张美丽的面庞上显现出疲倦，那种因行走在一条没有快乐目标的长路上而催生出的疲倦；枯萎已经初显，还有一种隐秘的恐惧，尚未被言说，甚至尚未被察觉，那就是对暮年的恐惧，对秋日的恐惧，对必将死去的恐惧。他叹息着与她道别，灵魂中充满了忧愁和隐秘的恐惧。

当天晚上，悉达多在自己的房子里与舞女饮酒作乐，装出一副比同类人更加优越的样子，尽管他早就没什么优越可言。他喝了许多酒，午夜过后很久才上床睡觉，他疲倦又焦躁，几乎要绝望地落泪，他试图睡着，却久久不能成眠，他的心中充满了痛苦，感觉再也无法忍受，他的心头涌起一阵贯穿全身的恶心，就像令人厌恶的劣质葡萄酒，就像甜腻浅薄的音乐，也像舞女们过分柔媚的微笑以及从她们的头发和乳房散发出的过分甜蜜的香水味。但是，没有什么比他自己更让他恶心的了。他厌恶自己散发着香水味的头发，厌恶自己呼吸中的酒味，厌恶自己那松弛疲沓的肌肤。就像一个胡吃海塞的人经过一番痛苦的呕吐后会感到解脱般的轻松，无法入眠的悉达多也渴望通过一场剧烈的呕吐将自己从这些享乐、恶习以及这毫无意义的生活中摆脱出来。直到拂晓时分，他房子前的街道上已经有人开始活动时，他才半梦半醒地稍微睡了一会儿。这时，他做了一个梦：

卡玛拉在一个金丝笼里养了一只奇异的会唱歌的鸟。他梦见了这只鸟。平常的时候，这只鸟每天早晨都会歌唱。在他的梦中，它却默不作声，这引起了他的注意，他走到笼边，向里看去，发现这只小鸟僵直地躺在那儿，已经死了。他把它拿出来，在手心里放了一会儿，然后将它扔到了街上，就在这一刻，他感到了巨大的惊恐，感到心脏开始疼痛，好像扔掉了这只死去的鸟，就同时也扔掉了自己身上的所有有价值和美好的东西。

从梦中醒来后，他感到自己被深深的悲伤包围着。在他看来，他所经历的生活毫无价值也毫无意义，他的手里没有留下任何有生气的东西，没有任何珍贵的或者值得保存的东西。他孤独地站在那儿，空虚得如同岸边一个遭遇海难的幸存者。

悉达多心情阴郁地走进他所拥有的那座花园，锁上大门，坐到了一棵杧果树下，感受着内心的死亡和恐惧，他坐在那儿，感觉一切都在心中死去、枯萎，走向终结。慢慢地，他集中了思绪，在脑海中回顾了从有记忆以来的整个人生。他什么时候体验过幸福，什么时候感觉过真正的快乐？哦，是的，他有过好几次这样的体验。在他的少年时代，他就品尝过幸福的滋味，在他从婆罗门那儿获得赞美时，在他出色地背诵出神圣的诗句时，在他与饱学之士们辩论时，在他献祭时担任助手时。那些时候，他感觉到："一条大道已在你面前铺开，你将被召唤，诸神在等待着你。"到了青年时代，在不断提高追求的思想目标时，他从那些与他一样有着相同志向的年轻人中脱颖而出，他在痛苦中思考着梵天的意义，每获得一点新的知识，他就会生出新的渴望，然后，在渴望和痛苦中，他又感觉到了同样的东西："继续前进！继续前进！你正在被召唤！"当他离开家过上沙门的生活时，他听到了这个声音；当他离开沙门去寻找那完满的佛陀时，他听到了这个声音；当他离开佛陀走向无常的俗世时，他再次听到了这个声音。他已经有多长时间没有听到这个声音了，他已经有多久没有达到任何高处了？他走过的人生道路是多么的平坦、无聊，这么多年以来，他没有任何崇高的目标，没有任何渴望，没有任何提高，只满足于那些卑微的享乐和欲望，但事实上从未真正地满足过！他自己都没有意识到，这么多年以来，他一直渴望并努力尝试着成为世俗之人中的一个，像那些孩子般的人一样，但他的生活却始终比他们更加悲惨和可怜，因为他们的目标并非他所追求的，他们的忧虑也并非他的忧虑，毕竟，这整个由卡玛斯瓦密这类人组成的世界，对他而言都不过是一场游戏、一场他所观赏的舞蹈、一出喜剧。只有卡玛拉对他来说是珍贵的、有价值的，不过现在还是吗？他还需要她吗，或者说她还需要他吗？难道他们不是在玩一场没有尽头的游戏？有必要为此而活吗？不，没必要！这是一场名为轮回的游戏，一个孩童的游戏，玩上一两次或者十来次可能是有趣的，但一次接一次地继续玩下去呢？

悉达多知道游戏已经结束了，他不能再继续玩下去了。他的身体在颤抖，内心也在颤抖，他感到，有什么东西死去了。

整整一天，他都坐在柠果树下，想着他的父亲，想着戈文达，想着乔达摩。他离开他们就是为了成为卡玛斯瓦密吗？夜幕降临时，他仍旧坐在那儿。当他抬头看见夜空中的星星时，他想："我坐在一棵柠果树下，坐在自己的花园中。"他微微一笑，拥有一棵柠果树，拥有一座花园，这真的有必要吗？这是正确的吗？难道这不是一个愚蠢的游戏吗？

他了结了这一切，这一切在他心中已经死去。他站起来，向柠果树告别，向花园告别。一整天没有吃任何东西，他感到了强烈的饥饿，他想起了自己在城中的房子，想起了自己的卧室和床，想起了摆满食物的餐桌。带着疲倦的笑，他摇了摇头，告别了这些东西。

就在那一天的晚上，悉达多离开了他的花园，离开了这座城市，再也没有回来。很长一段时间，卡玛斯瓦密都在派人寻找他，以为他落入了强盗的手中。卡玛拉没有寻找他。当她知道悉达多消失时，她没有感到惊讶。难道她不是早就料到了这一点？难道他不是一个沙门、一个无家可归的人、一个朝圣者？最后一次相会时，她比以往任何时候都更强烈地感觉到了这一点，尽管失去悉达多让她痛苦，但她很高兴在最后一次时，她那样热情地将他拥在了怀中，在那最后的时刻，她彻底地被他占有和征服。

当她第一次听到悉达多失踪的消息时，她走到窗边，那里放着一只金色的鸟笼，笼中养着那只会唱歌的鸟。她打开鸟笼的门，将鸟拿了出来并放飞了。她久久地凝视着那只飞远的鸟。从这一天起，她不再接受任何人的拜访，紧闭自己房子的大门。过了一段时间后，她发现，因为最后一次和悉达多的相会，她怀孕了。

在河边

悉达多穿行于林中，那座城市已离他很远，他只知道，他永远不会再回去了。多年以来的生活已然结束，他已饱尝并吸干了它的所有滋味以至于到了恶心的程度。他梦中那只歌唱的鸟已经死去。他心中的鸟也已死去。他深陷于轮回之中，尝够了来自四面八方的恶心和死亡，就像一块吸饱了水的海绵。他的心中充满了厌烦，充满了痛苦，充满了死亡，世上已没有什么事情能够诱惑他，安慰他，给予他快乐了。他渴望摆脱自己，渴望获得安宁，渴望死去。要是一道闪电能劈死他该多好！要是有一只老虎能将他吞掉该多好！要是有一种美酒能够将他麻痹，让他忘却和沉睡，再也无法醒来，那该多好！还有什么污秽是他没有沾染过的吗？还有什么罪恶和蠢行是他没有做过的？还有什么心灵上的空虚不是他自作自受得来的？难道他还能再活下去吗？还能一次次地继续呼吸，继续感到饥饿，继续吃饭、睡觉，继续躺在女人的身边吗？难道这个循环不应该就此结束吗？

悉达多来到森林中的一条大河边，很久以前，当他还是个年轻人时，一个摆渡人曾在此载他渡河，那时他刚从乔达摩的城镇离开。他在岸边停下脚步，犹豫地驻足于此。疲劳和饥饿使他变得虚弱。他还有什么理由继续走下去？走到哪里？怀着什么目标呢？不，再也没有什么目标了，留下来的只有一种深沉而痛苦的渴望，渴望摆脱这个疯狂的梦，渴望吐出这酸腐变质的酒，渴望结束这可怜又可耻的生活。

在河岸的上方有一棵倾斜的椰子树，悉达多倚靠在树上，环抱树干，俯视着身下流淌着的绿波。他凝视着，发现自己的心中升起了一股冲动，那就是放开手沉入水中。水面映射出一种可怕的空虚，回应着他灵魂中那可怕的空虚。他已走入了绝境。他所能做的只有了结自己，摧毁他那拙劣的生活，扔掉它，将它抛到嘲弄的诸神的脚下。这就是他所渴望的剧烈的呕吐，死去吧，粉碎他所憎恶的肉体吧！就让鱼将他吞噬，悉达多这条狗，这个疯子，这具堕落腐败的身体，这个软弱的、被毁坏的灵魂！就让鱼或者鳄鱼将他吞掉，就让恶魔来将他撕碎！

他面孔扭曲，盯着河水上倒映出来的自己的脸，朝那儿吐了一口唾沫。他感到了极度的疲惫，松开环绕树干的手臂，稍微转了转身体，以便能够直直地落入水中，沉进水底。他闭上了双眼，落向了死亡。

这时，从他灵魂的某个遥远之处，从他疲惫生活的过去，传来一个声音。那是一个词，一个音节，他不假思索地用含混的声音念了出来，那个所有婆罗门祈祷的开始和结束的字，神圣的"唵"，意味着"完满"或"圆成"。就在"唵"的声音传入悉达多耳中的一瞬间，他沉睡的灵魂忽然苏醒，意识到了自己行为的愚蠢。

悉达多感到了深深的震惊。所以，这就是他的境况。如此迷茫，抛弃了所有智识，步入歧途，以至于开始求死。这个幼稚的欲望在他的心中不断增长，已经到了要通过毁灭身体来寻求安宁的地步！近来他所体会到的一切折磨、一切幻灭和一切绝望都不曾带来"唵"字刺穿他的意识这一刻所达到的效果，那就是让他在自己的痛苦和错误中认识到自己。

"唵"，他念诵出声。"唵！"他重新体悟到梵天，体悟到生命的不可毁灭，体悟到所有他已经忘记了的神圣之事。

但那仅仅是一瞬间，是一道闪电。悉达多跌坐在椰子树下，将头靠着树干，念诵着"唵"，陷入了沉睡。

他睡得很沉，没有做梦，他已经很久没有过这样的睡眠了。几个小时后，当他醒来时，仿佛已经过去了十年。他听着河水静静流淌的声音，不知道自己身在何处，也不知道是谁将他带到了这里。他睁开眼睛，惊奇地看见头顶的树木和天空，随后，记起了自己身在何处以及是怎么来到这儿的。然而，他花了不少时间才做到这一点，过去被掩盖在面纱之下，离他无比遥远，显得无足轻重。他只知道自己已抛弃了从前的生活（在他记起它的一瞬间，过去的生活对他而言就像古老的往日的化身，或者像现在的这个自我的幼年时光），它是那样的恶心和痛苦，以至于他甚至打算结束生命，但在河畔的一棵椰子树下，他念诵着"唵"，醒悟了过来，然后，他睡着了，此刻醒过来后，他环顾着四周，仿佛一个全新的人。他喃喃念诵着"唵"，他曾就这样伴着这个声音沉沉睡去，那场睡眠对他来说仿佛只是一次长久的专注的"唵"的念诵，"唵"的冥想，一次沉入并完全抵达"唵"的经历，让他抵达了那无名的圆满之地。

这是多么美妙的一觉啊！从来没有哪一次睡眠能让他这样精神勃发，这样焕然一新，这样充满生机！或许他已经死过了，淹死在了水中，然后在一具新的肉体中重生了？不，他认识自己，认识自己的手和脚，认识自己躺着的地方，认识他心中的那个自我，那个悉达多，那个固执古怪的人，但这个悉达多已然不同，他已经脱胎换骨，他奇异地睡了过去，又奇异地苏醒了，快乐又好奇。

悉达多坐起身来，看见一位穿着黄色僧衣的陌生僧人正坐在他的对面，像是在冥想打坐。他观察着这位无发无须的人，没一会儿，他就认出这位僧人正是戈文达，他年轻时代的朋友，皈依了佛陀的戈文达。戈文达也老了，但他的脸上仍旧显露出往日的特征，仍旧有着热情、忠诚、探索和羞怯的神情。然而，当戈文达感觉到他的目光并睁开眼睛看着他时，悉达多发现，戈文达没有认出他来。看见他醒了过来，戈文达很高兴，显然，他已经在这儿待了很久，等着他醒来，尽管他并不认识他。

"我睡着了。"悉达多说，"你怎么会在这儿？"

"你睡着了。"戈文达回答说，"在这样的地方睡觉并不好，这里常有野兽出没。哦，先生，我是至尊乔达摩、释迦牟尼佛陀的弟子，我和几位同门弟子前去朝圣，途中看见你睡在这个危险的地方。我本想把你叫醒，噢，先生，但我看你睡得那样熟，就留下来陪你了。结果我自己似乎也睡着了，而我原本的打算是守护睡着的你。我没有履行好我的职责，我被疲倦打倒了。现在，既然你已经醒了过来，我就该离开去找我的同伴们了。"

"沙门，感谢你在我睡着时守护着我。"悉达多说，"至尊佛陀的弟子十分良善。现在你可以离开了。"

"我走了，先生。愿您永远健康。"

"谢谢你，沙门。"

戈文达行了一个礼，说："再见。"

"再见，戈文达。"悉达多说。

僧人停下了脚步。

"先生，冒昧问一句，您怎么会知道我的名字？"

悉达多笑了。

"我认得你，戈文达，在你父亲的小屋中，在婆罗门的学校里，在祭祀之时，在我们追随沙门的旅程中，在你在祇园精舍中皈依至尊者时，我都始终认得你。"

"你是悉达多！"戈文达大喊道，"我现在认出你来了，不知道为什么之前我没有认出你来。你好，悉达多。能够再次见到你，我很高兴。"

"见到你我也很高兴。我睡着时你守护了我，我要再次对你表示感谢，尽管我并不需要守护。你现在要去哪里，我的朋友？"

"我没有什么目的地。除了雨季，我们僧人总是在四方游历，从一地辗转到另一地，遵守着戒律生活，宣扬教义，接受布施，继续前行。那你呢，我的朋友，你要去哪里？"

悉达多答道："朋友，同你一样。我也没有什么目的地。我只是在旅行，在朝圣的路上。"

戈文达说："你说你是一个朝圣者，我相信你。但是，请原谅我，悉达多，你看上去并不是朝圣者的样子。你穿着富人的衣裳，脚穿华丽的鞋履，头发散发着香水的气味，这不是一位朝圣者的头发，也不是一位沙门的头发。"

"确实如此，亲爱的朋友，你观察得十分准确，什么都逃不过你敏锐的眼睛。不过，我并没对你说我是一个沙门。我说的是我在朝圣的路上。事实也是如此：我正要去朝圣的地方。"

"你在去朝圣的路上。"戈文达说，"但很少会有人穿着这样的衣服、鞋子，梳着这样的头发去朝圣。在我这么多年的朝圣旅途中，我从未遇到像你这样的朝圣者。"

"我相信你，戈文达。不过，今天你恰好遇见了这样一个朝圣者，有着这样的装扮。请记住，我的朋友，表象的世界是瞬息无常的，我们的衣服、发式以及身体尤其无常多变。我有着富人的装扮，你观察得很对。我如此穿着是因为我曾经很富有，我梳着世俗世界中好色之徒的头发，是因为我曾是他们中的一员。"

"现在呢，悉达多，你现在是什么样的人？"

"我不知道。和你一样，对此我也一无所知。我正在一次旅途中，我曾是一位富人，现在却不再是了，明天我会是什么样，我也不知道。"

"你失去了你的财富？"

"我失去了它们，或者说，它们失去了我。它们不再属于我。表象瞬息万变，戈文达。婆罗门悉达多在何处？沙门悉达多在何处？富人悉达多又在何处？戈文达，正如你所知的那样，无常之事变动不居。"

戈文达久久地凝视着他年轻时代的朋友，眼中充满了疑问。随后，他像对一位贵人那样对他行礼致意，接着便继续上路了。

悉达多微笑着目送他离开，他仍然爱着他，这位忠诚审慎的朋友。在这一刻，在这个沉睡之后充满"唵"的辉煌时刻，他怎么能不爱任何人或者任何事呢？这正是当他睡着时"唵"在他的身体里施加的奇妙魔力，他热爱一切，对目光所及的万事万物都充满了愉快的爱意。正是这一点让他意识到，此前他之所以如此病态，是因为他无法爱任何人、任何事。

悉达多面带微笑，目送离去的僧人。睡眠使他精神饱满，饥饿却折磨着他，他已经两天没有吃过任何东西，而他能够与饥饿进行对抗的日子早已过去了。怀着伤感，同时又带着微笑，他想起了那个时候。他记得那时他曾向卡玛拉吹嘘，他拥有三种崇高又不可战胜的本领：斋戒、等待与思考。这些曾是他的财富、能力和权力的依靠，这些是他在青年时代刻苦努力学来的全部技艺，除此之外别无其他。现在，他却抛弃了它们，一样也没有留下，他不再斋戒，不再等待，也不再思考。他牺牲了它们，去换取了最可悲、最无常的东西：感官之乐、奢华和财富！他的遭遇何等古怪。现在他似乎真的成了那些孩童般的世俗之人中的一员。

悉达多反省了自己的处境。思考对他来说也并非易事。他并非真的有思考的兴致，而是在强迫自己这样。

他想："既然现在所有这些最无常的事情都已再次从我身边溜走，我又站在了太阳底下，就像曾经还是个孩子时的我一样，一无所有，一无所知，一无所能，也一无所学。多奇怪啊！现在，我已经不再年轻，头发已经花白，力量也开始减弱，却要从头开始，从孩童时代开始！"他不禁再次微笑起来。是的，他的命运确实奇怪！他不断地堕落，现在又再度空虚、赤裸、憨愚地立于这个世上。但他并不为此感到悲伤。事实上，他有一种想要放声大笑的冲动，笑他自己，笑这个奇怪又愚蠢的世界。

"我在走下坡路！"他笑着自言自语道。他的目光落在了河面上，河水也在欢快地歌唱着，一直不停地往下奔流而去。这让他非常愉悦，他对河水友好地微笑着。这不正是他想要溺亡的那条河流吗？那是百年之前的事，还是仅仅是一场梦？

他想说："我的生活经历真是奇怪，它绕了那么多奇怪的弯路。当我还是一个少年时，我只关心神明和献祭。青年时代，我则一心苦修、思考和冥想，我追寻梵天，崇敬永恒的阿特曼。成年后，我追随忏悔者，生活在森林之中，忍受酷暑和严寒，学会了斋戒，抛却肉体的感受。之后，我又奇妙地发现了伟大佛陀的教义，我感觉到世界圆融统一的真理如同血液一样在我的身体里涌动。然而，即使是佛陀和他伟大的教义也被我抛在了身后。我离去了，去向卡玛拉学习爱的快乐，向卡玛斯瓦密学习如何做生意，积累钱财，又挥霍钱财，学会了口腹之欲，学会了感官的享乐。这样度过了许多年后，我失去了自己的精神，失去了思考的能力，忘却了圆融统一。在这些缓慢而曲折的道路中，我难道不是在从成人变成孩童，从思考者变成世俗之人？尽管如此，这条路依然很好，我心中的鸟也依然没有死去。这是一条怎样的路啊！仅仅是为了重新变回一个孩子，仅仅是为了能够重新开始，我就不得不经历如此多的愚蠢、罪孽和错误，如此多的恶心、幻灭和痛苦。不过，这一切都是公正且恰当的，我的心认可了它，我的眼睛在微笑。我必须体验绝望，必须沉入最愚蠢的深渊，必须产生自戕的念头，才能体悟到恩典，才能再度听见'唵'的声音，才能再次酣睡过去，再次焕然一新地醒来。我必须要成为愚人从而去再度找到内心的阿特曼。我必须要犯下罪孽才能获得重生。我的路还会将我带往何方？我的道路多么愚蠢啊，它总在循环，或许在绕圈子。随它是什么样子，我都会将它追随。"

他内心充满了喜悦。

他叩问自己的心扉：这一切喜悦的源头来自何处？是那一场让我身心舒畅的睡眠吗？还是我所念诵的"唵"？还是因为我已经完全逃离了束缚，再度获得了自由，又像个孩子那样立于这世上了？啊，逃离出来，获得自由，这多好啊！呼吸着这里纯净又美好的空气让人身心舒畅！在我所逃离的地方，一切都散发着油膏、香料、酒精、奢靡和懒惰的味道。我痛恨那富人、纵欲者和赌徒们的世界！我痛恨自己竟然在那个可怕的世界待了那么久！我痛恨自己，竟然如此掠夺、毒害、折磨自己，使自己变得衰老又丑陋！我再也不会像曾经那样自诩为智者。但有一件事我做得很好，它令我愉快，必须得到我的赞扬，那就是我终于结束了我的自厌，结束了那种荒谬的、凄凉的生活！我赞扬你，悉达多。在这么多年的荒唐岁月之后，你终于有所思考，有所行动，你听到了胸中鸟儿的歌唱，并且追随了它的声音。

他赞美着自己，在自己身上感受到愉悦，好奇地聆听着肚中发出的饥饿的声音。现在，他已经品尝过过去那些时日的痛苦和悲惨，将它们倾吐出来，他没有被绝望和死亡所吞食。这样很好。否则，他或许会在卡玛斯瓦密身边待上更久，赚钱，挥霍，满足口腹之欲，让灵魂枯竭，如果那些事情没有发生，如果那种彻底的无助和绝望的时刻没有到来，如果他没有悬在湍急水面上准备俯身赴死，他或许还会在那个柔软舒适的地狱中耗上更多的时间。他感受到了那种深深的绝望和恶心，却并没有被打倒，那只唱歌的鸟，他心中的快乐源泉和声音还活着，这就是他感到快乐和微笑的原因，这就是为什么他头发斑白，面庞却依旧神采奕奕。

"亲自去经历世间的一切是很好的。"他想,"尽管从孩提时代我就知道,世俗的享乐和财富不属于善。对于这一点,我深知已久,但刚刚才体验到。现在我明白它了,不仅是从理智上,也是从心中、从胃里,明白了这一点。我很高兴自己能明白这一点。"

良久以后,他思索着自己的转变,聆听着心中之鸟快乐的歌唱。难道这只鸟没有在他心中死去?难道他没有感觉到它的死亡?不,在他心中死去的是别的什么东西,某种他很久以来就希望它死去的东西。那不正是他在狂热的苦行僧的生活中想要杀掉的东西吗?那不正是他的自我,那渺小、恐惧又傲慢的自我?多年来,他一直与其斗争着,一次又一次地被它打败,这个自我每次消灭掉又能卷土重来,使他无法快乐,使他倍感恐惧。今天在森林中的河畔最终死去的不正是这个自我吗?难道不正是因为这次死亡,此刻的他才能像个孩子一样,毫无畏惧,满怀信任和喜悦吗?

现在,悉达多明白了,为何身为婆罗门或者沙门的他与自我斗争会是徒劳的。太多的知识阻碍了他。太多的神圣诗篇,太多的祭祀礼仪,太多的禁欲苦修,太多为了达成目标的行动与努力！他过去太过自傲，总是最聪明的、最饥渴的，总是领先别人一步，总是博学又理智，总是充当着祭司或者智者。他的自我悄悄地潜入了这种神圣的身份之中，潜入了这种傲慢与精神之中，在那儿牢牢地扎根并生长起来，而他却以为自己能靠斋戒和忏悔来消灭它。现在他明白自己心中那个秘密的声音是对的，没有任何一位老师能够让他获得救赎。这就是为什么他必须走向世俗，迷失在享乐和权力、女人和金钱之中，这就是为什么他必须成为一个商人、一个赌徒、一个酒鬼、一个贪欲熏心的人，直到他内心中的祭司和沙门死去。因此，他必须忍受那些丑恶的岁月，忍受恶心、空虚，过着孤独而无意义的生活，直到最终陷入痛苦的绝望之中，直到荒淫、贪婪的悉达多死去。他死去了，一个新的悉达多从睡梦中觉醒。这个悉达多同样会变老，在某一天死去。悉达多是无常的，一切表象皆为无常。然而，今天这个新的悉达多还年轻，还是一个孩子，充满了欢乐。

思考着这些，他微笑地聆听着饥肠辘辘，感激地倾听着一只蜜蜂的嗡嗡声。他快活地注视着流动的河水，从未有一条河流能让他这么愉快，他从未察觉到河水的流动是如此有力又美妙。他觉得河水似乎有什么特别的东西要对他说，那是某种他尚未知晓的东西，某种仍在等待着他的东西。悉达多曾想将自己淹死在这条河中，而那个衰老的、疲倦的、绝望的悉达多也确实淹死在了这里。然而，这位新生的悉达多却深深地爱恋着这条河流，并决定在这儿多停留一些时间。

摆渡人

"我要留在河边，"悉达多想，"这就是当年我步入俗世时曾经过的河流，当时一位好心的摆渡人曾载我渡河，我要去拜访他。从他的茅舍出发，我被引领着走向了新生活，现在这种新生活已经凋敝、死去，希望我目前的新道路、新生活也能从那儿开始！"

他温柔地注视着奔流的河水，注视着那晶莹的绿波，注视着它绘制出的充满神秘感的水晶般的波纹。蓝天倒映在水中，他看见珍珠般光亮的气泡从水底升起，静静地浮动在水面。河流用千万只眼睛看着他，那眼睛有碧绿的、洁白的、透明的、天蓝的。他多爱这条河流啊，多么感激它啊，它让他感觉到了愉悦！他听见了心中那刚刚苏醒过来的声音在告诉他：爱这条河！留在它身边！从它身上学习！哦，是的，他要从它身上学习，他想要聆听它的教诲。在他看来，能理解这条河流及其秘密的人就能理解许多其他事情，许多秘密，甚至所有的秘密。

然而，他今天只看到了这条河流众多秘密中的一个，这个秘密触动了他的灵魂。他看见河水不停地奔腾流转却又始终停在原地，恒定不变却又每时每刻都在更新！哦，谁能抓住这一点，谁能懂得这一点！他不能，他只能感觉到心中升起了一种模糊的预感，一种遥远的记忆，一种神圣的声音。

悉达多站了起来，腹中的饥饿使他难以忍受。他思索着沿着河岸漫步，一路往上游走去，一边听着哗哗的流水声，一边听着腹中饥饿的咆哮。

当他走到渡口时，一艘船停在那儿，曾经送年轻的悉达多渡河的摆渡人站在船上，悉达多认出了他，他也老了许多。

"你愿意送我渡河吗？"他问。

摆渡人看见这样一位衣着华贵的人独自漫步着，十分惊讶，他将他请上船，撑船离了岸。

"你选择了一种美好的生活。"乘客说，"每天生活在这样的水边，航行其上，一定十分美好。"

摆渡人摇着橹，微笑着说："先生，正如您所说，的确很美好。不过，难道不是所有生活、所有工作都很美好吗？"

"或许如此。不过我羡慕你的生活。"

"啊，您很快就会对它丧失兴趣。这不是适合身着华裳的人们过的生活。"

悉达多笑了笑说："今天，我已经因衣着遭到过别人的猜疑。摆渡人，你可愿收下我这身衣服吗？它们对我来说是一种累赘。我得告诉你，我没有钱来支付船费。"

"您说笑了，先生。"摆渡人笑道。

"我没有说笑，朋友。瞧，你曾不要报酬地载我渡过一次河。今天还是这样，请收下我的衣服吧。"

"先生，您打算这样不穿衣服继续旅行吗？"

"啊！"悉达多叹息道，"我更希望的是不要再继续旅行了。摆渡人，我更希望你能给我一条旧围布，让我留下来做你的助手，或者更确切地说，是你的学徒，因为我先要学习如何行船。"

摆渡人久久地注视着这位陌生人，回忆着。

"我认出你来了。"终于，他开口说，"你曾在我的茅屋里过夜，那是很久之前的事了，或许已经有二十多年了，我载你渡了河，然后友好地分别。你那时不是一个沙门吗？我已经记不起你的名字了。"

"我的名字是悉达多，你上一次见到我时，我的确还是个沙门。"

"欢迎你，悉达多。我的名字是瓦苏德瓦。今天我希望也能邀请你睡在我的茅屋，跟我讲一讲，你从哪里来，为什么这些华服成了你的累赘。"

他们驶到了河中央，迎着水流，瓦苏德瓦越发卖力地摇着橹。他镇定地工作着，眼睛紧盯着船头，一对胳膊结实有力。悉达多坐在那儿看着他，他想起了二十多年前，在作为沙门的最后一天里，他的心中曾对这位摆渡人升起过敬爱之情。怀着感激，他接受了瓦苏德瓦的邀请。抵达岸边后，他帮助摆渡人将船拴在了木桩上，然后，摆渡人请他进了茅屋，给他端上来面包和水，悉达多津津有味地吃了起来，还吃了杧果。

日落时分，他们坐在岸边的一根树干上，悉达多对摆渡人讲述了自己的出身和生活，讲述了在今天那个绝望时刻曾出现在他眼前的一切。他一直讲到了深夜。

瓦苏德瓦聚精会神地聆听着。他将一切都听了进去，悉达多的出身和童年，他的所学和所寻，他所有的欢乐和痛苦。这是摆渡人最好的美德，他是极少数知道如何倾听的人。即便瓦苏德瓦什么也没有说，讲话者却感受到他的话已经全部被对方听了进去。他安静、坦诚又耐心地倾听着，一个字也没有落下，一点儿也没有不耐烦，既不赞扬也不指责，只是倾听着。悉达多觉得，自己何其有幸，能够向这样一位倾听者敞开心扉，将自己的生活、自己的探索、自己的痛苦交付给这样一颗友好的心灵。

在悉达多的讲述接近尾声时，他讲起了河边的那棵树、他那场深沉的睡眠，讲起了神圣的"唵"以及在沉睡之后对河流产生的强烈爱意，摆渡人更加专注地听了起来，完全沉浸其中，甚至闭上了眼睛。

当悉达多沉默下来，两人好一会儿没有再说话，然后，瓦苏德瓦开口说："正如我所想的那样。河水对你说话了。它也是你的朋友，也会对你说话。这很好，非常好。留下来跟我一起吧，悉达多，我的朋友。我曾有过一个妻子，她的床就在我的旁边，但她去世很久了，一直以来我都独自生活着。现在你来同我一起生活吧，住处和食物足够我们两人的了。"

"谢谢你。"悉达多说，"谢谢你，我接受你的邀请。瓦苏德瓦，我还要谢谢你能够这么认真地聆听我的话！很少有人知道如何倾听。我从未见过比你更懂得倾听的人。我也要向你学习这一点。"

"你会学到这一点的。"瓦苏德瓦说，"不过不是向我。河流教会我如何倾听，你也将从它那里学习。河流无所不知，你能从中学到一切。瞧，你已经从河水中学会了要努力向下，不断下沉，去深处追寻。富有而高贵的悉达多将要成为一位摆渡人，博学的婆罗门悉达多将要成为一位船夫，这也是河流告诉你的。你还将从中学习其他东西。"

停顿一会儿后，悉达多问："瓦苏德瓦，其他东西指的是什么？"

瓦苏德瓦站起身，说："天色已经晚了，睡觉去吧。哦，朋友，我不能告诉你那其他的东西。你会学到它的，也许你已经知晓了。看，我不是博学之人，不善于说话，也不善于思考。我能做的就是倾听和虔诚，除此之外，我别无所长。如果我知道如何表达和教授它们，我或许会是一位智者，但我只是一位摆渡人，我的职责就是送人渡河。我已经送过成千上万的人渡河，对他们而言，这条河流不过是他们旅途中的一处障碍。他们上路是为了挣钱、做生意，为了参加婚礼，为了朝圣，这条河挡住了他们的路，摆渡人的职责就是让他们快速跨过这个障碍。不过，在这成千上万的人中，有少数人，四个或者五个，对他们来说，这条河流不再是障碍，他们听到了它的声音并认真聆听了它，这条河流在他们心中变得神圣，就像在我心中一样。让我们休息去吧，悉达多。"

悉达多留在了船夫那里，学习如何驾驶小船，当渡口无事可做时，他就和瓦苏德瓦一起在稻田里劳作，收集柴火，采摘芭蕉。他学会了制作船桨，学会了修补船只以及编织篮子，他所学的一切都让他高兴。时光飞快地流逝。但他从河流中学到的东西比从瓦苏德瓦那儿学到的更多。他不断地从中学习，其中最为重要的是，他学会了倾听，学会了以一颗宁静的心，一个期待的、宽容的灵魂去倾听，抛却激情与愿望，不含评判和意见。

他与瓦苏德瓦友好地生活在一起，偶尔交谈几句，都是经过深思熟虑的话。瓦苏德瓦不喜言谈，悉达多也很少能激起他的谈兴。

有一次，悉达多问他："你是否也从河流中领会到了这个秘密，那就是时间并不存在。"

瓦苏德瓦的脸上浮现出灿烂的笑容。

"是的，悉达多。"他说，"你说的是不是这个意思，即河水在同一时间无处不在，既在源头也在河口，在瀑布，在渡口，也在急流，在海中，在山谷间，在同一时间，它无处不在，它只存在此刻，既没有过去的影子，也没有未来的影子。"

"是的。"悉达多说，"当我领悟到这一点，我看向了自己的生活，它也是一条河流，男孩悉达多、成年悉达多以及年老的悉达多只是被幻象区分开来了，并非有什么真实的区别。同样，悉达多早年的生活也不是过去，他的死亡和回归梵天也不是未来。既无过去，也无未来。一切都是本质，一切都在当下。"

悉达多兴高采烈地说着，这一顿悟使他无比喜悦。一旦某个人克服了时间并将其置之度外，那么所有使他感到痛苦的时间，所有折磨他的、使他恐惧的时间不都消失了吗？他不就可以克服和摆脱世上所有的苦难和仇恨了吗？他兴致勃勃地讲着，而瓦苏德瓦只是微笑地看着他，点头表示肯定，然后拍了拍悉达多的肩膀，转身继续去劳作了。

又到了雨季，河水暴涨，汹涌澎湃，悉达多说："我的朋友，河流有许许多多种声音，不是吗？有国王和士兵的声音，有公牛的声音，有夜莺的声音，有产妇的声音，有叹息之人的声音，有成百上千种其他声音，不是吗？"

"是的。"瓦苏德瓦点头道，"一切生命的声音都在河流之中。"

"你是否知道？"悉达多继续说，"它说的是什么语言，能让人同时听到成千上万种声音？"

瓦苏德瓦高兴地笑起来，他俯下身，在悉达多耳边念出了神圣的"唵"，这正是悉达多之前所听到的。

时间一天天过去，悉达多的笑容与摆渡人的笑容越来越像，几乎一样灿烂，一样洋溢着幸福的光辉，闪耀在那上千条细小的皱纹中，他们像是孩童，又似老人。许多旅人看到这两位摆渡人还以为他们是兄弟。暮色四合时，他们常常坐在岸边的圆木上，什么也不说，一同倾听着河水的声音。对他们来说，那不是河水的声音，而是生活之音，存在之音，是永恒的轮转之音。偶尔，当他们倾听着河水的声音时，他们会想起同样的事情，想起前一天的谈话，想起某位让他们记住面容并关心着的旅客的命运，想起死亡，想起他们的童年，当河水同时对他们倾吐良言时，他们会彼此对视，思考着同一件事，为彼此对同一问题给出同样的答案而感到高兴。

许多旅人都感觉到这个渡口和这两位摆渡人有一些特别之处。有时，一位旅客在看到其中一位摆渡人的脸后就会开始讲述他的生活、他的痛苦，坦诚自己的罪孽，寻求安慰和忠告。有时，有人会请求与他们共度一晚，聆听河水的声音；有时，也有一些好奇的人专程赶来，因为他们听说渡口这儿住着两位智者、魔法师或者圣人。这些好奇之人问了许多问题却没有得到任何答案，他们既没有寻得魔法师也没有寻得智者，只找到两位和善友好的小老头儿，他们沉默寡言，看上去有些古怪又迟钝。好奇的人哈哈大笑，表示散布这些谣言的人是多么愚蠢又轻信。

时间流逝，这两位摆渡人渐渐无人在意。

有一天，来了一队朝圣的僧人，他们是佛陀乔达摩的弟子，请求两人渡他们过河，摆渡人从他们那儿得知佛陀已经病危，很快就要迎来在人间的最后一次死亡，进入涅槃之境，因此他们要尽快赶回他们伟大的老师的身边。没过多久，一队接一队朝圣的僧侣相继而来，除了僧侣们，大多数旅客和行者也都谈论着乔达摩以及他将要迎来的涅槃。人们从四面八方蜂拥而至，如同要去参加一场战争或者国王的加冕，他们就像蚂蚁一样成群结队地聚集到一起，被某种魔力所吸引，纷纷去往佛陀将要涅槃的地方，在那里，一件重大的事情将要发生，一个时代的伟大圆满者将要步入永恒。

在那些日子里，悉达多常常会想起这位濒死的智者，这位伟大的老师，他的声音曾发出告诫并唤醒成千上万的人们，他也聆听过他的声音，也曾满怀敬意地观瞻过他那圣洁的面容。悉达多满心愉悦地思念着佛陀，他通往圆满的道路出现在他的眼前，他微笑着回忆起年轻时的他曾对佛陀说过的那些话。现在在他看来，那些话傲慢又早熟，他带着微笑回忆着它们。尽管他没有追随他的教导，但从很早起他就知道他和乔达摩之间没有任何分隔。不，一个真正的探索者，真正想要发现什么的人，是无法接受任何教义的。但是，一个得道者却可以接受任何教义，任何道路，任何目标，没有任何东西能够将他和生活在永恒之中并呼吸着神圣气息的千千万万其他人分隔开来。

一天，卡玛拉，这位曾经最美丽的妓女，也出现在那些络绎不绝去朝拜临终佛陀的人中。她早已告别了从前的生活方式，将自己的花园赠予了乔达摩的弟子们，皈依了教义，成为朝圣者的女施主和同路人。一听到乔达摩病危的消息后，她就带着她的儿子——小悉达多，穿上朴素的衣服，踏上了步行去朝圣的道路。他们来到了河边，小男孩很快就累了，想要回家，想要休息，想要吃东西，不耐烦地又哭又闹。卡玛拉不得不一再停下来让他休息，孩子已经习惯了用自己的那一套去和母亲作对，她不得不给他喂食、安抚他、责备他。孩子不明白母亲为什么非要带着他踏上这条辛苦又疲惫的朝圣之路，去一个陌生的地方见一位陌生的快要死去的圣人。他会不会死和小孩子有什么关系？

这两位朝圣者已经来到离瓦苏德瓦的渡口不远的地方了，小悉达多再次要求母亲停下来休息。卡玛拉自己也累了，趁孩子吃香蕉的时机，她蹲到地上，半闭着眼睛休息。突然间，她凄厉地叫了起来，小男孩吓了一跳，看见母亲的脸因为恐惧而变得惨白，一条小黑蛇从她的裙下爬了出来，卡玛拉被咬伤了。

他们急匆匆地沿着小路朝前跑去，想要去有人的地方，当他们来到渡口附近时，卡玛拉倒下了，她没办法再往前了。男孩亲吻、拥抱着自己的母亲，发出悲惨的呼喊，卡玛拉也和他一起喊了起来，直到这声音终于传到了站在渡口那儿的瓦苏德瓦的耳朵里。很快，他走了过来，抱起卡玛拉，将她放到船上，男孩紧紧跟随着他们。没多久，他们就到了茅屋，悉达多正站在炉子边生火。他抬起头，先是看见了男孩的脸，那张脸奇怪地让他想起了一些早已忘却的事情。然后，他看见了卡玛拉并一眼就认出了她，尽管她还人事不省地靠在摆渡人的怀里。于是他明白了，那个男孩是他的儿子，男孩的脸使他想起他自己，悉达多的心开始剧烈地跳动起来。

卡玛拉的伤口被清洗干净，但已经发黑了，身体也肿胀了起来，他们让她服下了一剂药。她慢慢恢复了意识，躺在茅屋里悉达多的床上，过去曾深爱过她的悉达多正弯腰注视着她。这一切恍如一个梦境，她微笑着看着昔日恋人的脸，渐渐地，她意识到了自己的处境，想起了自己被蛇咬伤的那一口，于是焦急地呼唤起男孩来。

"他就在这儿，别担心。"悉达多说。

卡玛拉凝视着他的眼睛。蛇毒让她吐字困难。

"亲爱的，你变老了。"她说，"你的头发已经花白了。不过你还是像那个年轻的沙门，那个赤裸着身体、双脚沾满尘土来到我的花园里的僧人。现在的你比离开我和卡玛斯瓦密时更像当年的沙门了。你的目光与那时相似，悉达多。唉，我也变老了，你还能认出我来吗？"

悉达多微笑着说："我一眼就认出你来了，卡玛拉，亲爱的。"

卡玛拉指着她的孩子说："你也能认出他来吗？他是你的儿子。"

她的目光变得茫然，闭上了眼睛。男孩哭了起来，悉达多将他抱上膝头，任凭他哭着，轻轻抚摸着他的头发。看到孩子的脸庞，他想起了一段婆罗门的祷词，那是在他还是个小男孩时学会的。慢慢地，他开始用歌唱般的声调吟诵起来，那些来自他的过去和童年的祷词在他的脑海中涌现。在吟诵中，男孩慢慢地平静下来，只偶尔发出一两声呜咽，随后就睡着了。悉达多将他放到了瓦苏德瓦的床上。瓦苏德瓦正站在炉边煮饭。

悉达多看了他一眼，他回以一个微笑。

"她快要死了。"悉达多平静地说。

瓦苏德瓦点了点头，炉火的光映照着他亲切的面容。

卡玛拉又一次清醒了过来。痛苦扭曲了她的面容，悉达多从她的嘴巴和苍白的面容中读出了她的痛苦。悉达多静静地、聚精会神地读着、守候着，与她的痛苦融为一体。卡玛拉感觉到了这一点，她用目光找寻着他的眼睛。

她看着他，说："现在，我发现你的目光也变得不同了。它已经完全不同了。但我为什么还是能认出你是悉达多呢？你是悉达多，又不是。"

悉达多一言不发，静静地看着她的眼睛。

"你做到了？"她问，"你已经找到了安宁？"

他微笑着将手放在了她的手上。

"我看到了。"她说，"我看到了。我也会找到安宁的。"

"你已经找到它了。"悉达多轻声说。

卡玛拉一动不动地看着他的眼睛。她想起自己本来是要去朝拜乔达摩的，她想要去瞻仰这位完人的面庞，呼吸他的宁静祥和之气，现在悉达多却替代佛陀出现了，这也很好，和见到了另外那位一样好。她想要把这一点告诉他，舌头却不再听从她的意志。她静静地凝视着他，他看着生命的光辉渐渐从她的眼睛中消失。当痛苦最后一次漫上她的双眼又熄灭，当颤动最后一次袭过她的四肢，他用手指合上了她的眼睑。

他在那儿坐了很久很久，望着她死去的平静面容。他久久地观察着她那衰老又疲惫的薄唇，他想起年轻时他曾将这张嘴唇比作刚摘下来的新鲜无花果。他久久地坐着，看着那张苍白的脸，那些疲惫的皱纹，他仿佛看见自己也躺在了那儿，一样苍白，一样死寂。与此同时，他又看见了他和她年轻时的脸，嘴唇红润，目光热切，一种它们同时存在于此刻的感觉，一种永恒的感觉，充盈在他心间。在这一刻，他比以往都更加深刻地感到每一个生命都是不可摧毁的，每一个瞬间都是永恒的。

他站起来，瓦苏德瓦已经做好了饭，但悉达多什么也没吃。他们来到羊厩里，为自己铺好了稻草，瓦苏德瓦躺下来睡了。悉达多则走到了外面，坐在茅屋前，倾听着河水的声音，他被过去包围着，生命的每一时刻都同时触动并环绕着他。偶尔，他会站起来，走到茅屋外，听一听男孩是否还在睡觉。

第二天一大早，太阳还没有升起来，瓦苏德瓦就走出了羊厩，来到他朋友的身旁。

"你没有睡觉。"他说。

"没有，瓦苏德瓦。我坐在这儿听着河水声。它告诉了我许多事情，用了不起的、圆融统一的思想深深地将我的内心充满。"

"悉达多，你遭遇了痛苦，但我看到你的心中并无悲伤。"

"不，亲爱的，我为什么会悲伤呢？曾经富有而快乐的我如今变得更加富有和快乐了。我的儿子来到了我的身边。"

"我也欢迎你儿子的到来。不过，现在，悉达多，让我们开始干活吧，还有很多事要做。卡玛拉死在了我妻子去世时的那张床上。我们也要在焚化我妻子的小山坡上为卡玛拉架起柴火。"

当男孩还在睡觉时，他们架起了一堆柴火。

儿子

男孩瑟瑟发抖地哭泣着参加了母亲的葬礼，还阴郁又惊恐地听见悉达多称他为儿子并欢迎他住进瓦苏德瓦的茅屋里。一连几天，他都脸色苍白地坐在死去母亲的坟墓旁，不吃不喝，目光茫然，紧锁心扉，抗拒着自己的命运。

悉达多对他很温柔，由着他去，他尊重孩子的悲伤。悉达多明白，他的儿子不认识他，没办法像爱父亲那样爱他。慢慢地，他也开始意识到，这个十一岁的男孩被宠坏了，他是妈妈的心头肉，在富裕的环境中长大，吃惯了美味佳肴，睡惯了柔软的床，习惯了对仆人们发号施令。悉达多明白，这个娇惯的、悲伤的孩子是不可能一下子心甘情愿接受这种陌生又贫穷的生活的。他没有强迫他，而是帮他做这做那，把最好的食物留给他。他希望用善意和耐心慢慢赢得孩子的心。

当孩子刚来到他身边时，他自以为快乐又富足。然而，随着时间的流逝，那个男孩依旧阴郁又冷漠，表现出傲慢又固执的本性，他拒绝干活，对两位老人也毫无敬意，还偷摘瓦苏德瓦的果树上的果子，于是悉达多开始明白，儿子给他带来的并非快乐和宁静，而是悲伤和烦恼。但他爱他，他宁愿忍受这爱带来的悲伤和烦恼，也不愿意回到没有孩子时的幸福和宁静。

自从小悉达多来到茅屋后，两位老人就分了工。瓦苏德瓦重新独自撑起摆渡的工作，而想要陪在孩子身边的悉达多则负责茅屋和田间的活儿。

好几个月里，悉达多都期待着孩子能够理解他，接受他的爱，甚至是有所回应。这几个月中，瓦苏德瓦也注意到了这一切，并在一旁默默等待着。一天，小悉达多再次骄纵又任性地折磨他父亲，还打破了两个碗，瓦苏德瓦在傍晚时将朋友拉到了一边。

"请原谅我。"他说，"作为你的朋友，我得跟你说一说。我看得出来你备受折磨，也很苦恼。我的朋友，你的儿子让你感到苦恼，也让我苦恼。这只幼鸟习惯了另一种生活，另一种巢穴。他不像你是出于嫌恶和厌倦才逃离财富和城市生活，他是违背自己的意愿被迫离开那一切的。我已经问过河流了，我的朋友，问过好多次了。河流只是发笑，它在笑我，也在笑你，因为我们的愚蠢笑得发抖。水跟水为伴，年轻人跟年轻人为伴。你的儿子在这儿是不会快乐成长的。问一问河流，听一听它给你的忠告吧！"

悉达多忧愁地望着朋友那张友善的面庞，那些细密的皱纹间常驻着喜悦。

"我怎么能和他分开呢？"他羞愧地低声说，"再给我一点时间，亲爱的朋友！我在为他战斗，我在赢取他的心，我想要用爱和忍耐去俘获他的心，总有一天河水也会对他说话，他也会被召唤的。"

瓦苏德瓦的笑容变得更加和煦。

"确实，他也受到了河水的召唤，他也归属于永恒的生命。不过，我和你，我们知道他会被如何召唤吗？他会走哪一条道路？去做什么样的事？受什么样的苦？他的痛苦不会轻微，因为他的心骄傲又坚硬，像他这样的人一定会饱经磨难，犯下许多错，行许多不义之事，承担很多罪孽。告诉我，亲爱的朋友，你会教育你的儿子吗？会强迫他吗？会责打他吗？会惩罚他吗？"

"不，瓦苏德瓦，我不会做这些事。"

"我知道。你从不强迫他，从不责打他，从不命令他，因为你知道柔胜于刚，流水胜于岩石，爱胜于暴力。很好，我赞扬你。不过，你认为你没有强迫他，没有责罚他，这难道不是你的误解吗？你没有用爱的锁链捆绑住他吗？你难道不是在用你的爱和忍耐日复一日地羞辱他，使他的处境更加艰难吗？难道你不是在强迫这个傲慢的、被宠坏的男孩和两个以香蕉为食的老人生活在一起吗？对老人来说，米饭都是珍馐美味，他们的思想和他不同，他们的心已经衰老又平静，连步伐都与他不一致，难道这一切不是对他的强迫和惩罚吗？"

悉达多困惑地垂下眼睛望着地面。他轻声问："那你认为我该怎么做呢？"

瓦苏德瓦答道："带他进城，将他送回他母亲的房子里，那里一定还有仆人，把他交给他们。如果那里什么人都没了，就带他去找一位老师，不是为了学到什么，而是这样一来他就可以待在其他男孩女孩中间，待在属于他的世界。你从没想过这些吗？"

"你看透了我的心。"悉达多悲伤地说，"我经常会想这些事。但是，我怎么能把这个心硬如铁的孩子送到那个世界去呢？他会不会变得骄矜自大，会不会在享乐和权力中迷失自我，会不会重复他父亲犯下的错误，会不会完全沉沦于轮回之中？"

摆渡人露出一个笑容，轻轻地碰了碰悉达多的手臂，说："去问一问河水，我的朋友！听一听它的嘲笑！你真的以为自己这些愚蠢的行为就能使你的孩子不重蹈覆辙吗？你有任何办法能使他免于轮回吗？你要怎么做呢？通过教导、祈祷或者训诫吗？亲爱的朋友，难道你已经完全忘了你曾在这儿对我讲过的婆罗门之子悉达多的故事了吗？它包含了那么多的教训。是谁保护了沙门悉达多不受轮回、罪孽、贪欲和愚蠢的困扰？难道是他父亲对宗教的虔诚、老师的训诫、他自己的知识和探索保护了他吗？什么样的父亲，什么样的老师，能够阻止他去过自己的生活，阻止他被生活玷污，阻止他背负起罪恶，阻止他饮下生命的苦酒，阻止他找到自己的道路？亲爱的，难道你认为有人能逃开这条路吗？仅仅因为你爱他，希望让他免受悲伤、痛苦和幻灭，你的儿子就可以避免这一切吗？即使你为他死上十次，你也不能让他的命运有分毫的改变。"

瓦苏德瓦从未一次说过这么多话。悉达多向他真诚地表示感谢后，满心忧虑地回到了茅屋，过了很久都没有睡着。瓦苏德瓦所说的一切他都早已在脑子里思考过，也明白其中的道理。但那只是一种认知，他无法去实践，比这种认知更加强烈的是他对这个孩子的爱和柔情，是害怕失去他的恐惧。他可曾这样全心全意地对待过任何事吗？他可曾如此深爱过另外一个人吗？可曾爱得如此盲目，如此痛苦，如此绝望却又如此幸福吗？

悉达多没办法听从朋友的劝告，他无法放弃自己的儿子。他任由这个孩子对他发号施令、对他轻蔑相待。他沉默地等待着，每一天都在心中进行仁慈的无声之战，耐心的无声之战。瓦苏德瓦也同样沉默地等待着，保持着宽容、智慧和耐心。在忍耐上，他们两个人都是高手。

有一次，那个男孩的脸让他想起了卡玛拉，他突然记起了年轻时卡玛拉曾对他说过的一句话。"你不懂爱。"她说，而他也表示同意，那时他将自己比作星辰，将世间之人比作落叶，尽管如此，他还是在她的言语中察觉到一丝责备。确实，他从未因为爱一个人而全身心地投入，忘却自我，犯下蠢行，他从未做到这一点，当时的他认为这就是他和那些世俗之人的最大区别。然而，自从他的儿子来到这儿以后，他，悉达多，已经变成了一个完完全全的世俗之人，爱着另一个人，因他而受苦，在爱中迷失，变成一个傻子。尽管有些迟了，但在这一生中，他终于第一次感受到了这种强烈又奇特的激情，它令他痛苦不已却又使他感到幸福，不知为何，他感到自己得到了更新，也变得更加富有了。

他可以切切实实地体会到他对儿子的这份盲目的爱是一种激情，一种饱含人性的东西，它就是轮回，是混沌的泉涌，是黑暗的水流。然而，与此同时他又感到这一切并非毫无价值，它是必要的，它源于他的本性。这些快乐必须去品尝，这些痛苦必须去体验，而这些蠢行也必须去犯下。

在这段时间里，他的儿子让他干尽蠢事，对他百般刁难，每天大发脾气来羞辱他。这个父亲既无法引起孩子的兴趣，也不能使孩子感到畏惧。这位父亲是一个好人，一个善良、亲切又温和的人，或许还很虔诚，或许是个圣人，但这些都不是能够赢得孩子的心的品质。对孩子来说，这个将他困在一个破旧茅屋里的父亲令人厌烦，他对一切无礼行径都报以微笑，对每一次羞辱都以慈爱回应，对每一种邪恶都以善意回应。这简直是老伪君子最卑鄙讨厌的伎俩。这个男孩宁愿被父亲威胁和虐待。

终于有一天，小悉达多的这些想法爆发了出来，他公开反抗了父亲。悉达多交给孩子一个任务，让他去拾点柴火，但那孩子却没有离开茅屋，他满腔怒火又目中无人地站在那儿，用脚跺着地板，攥紧拳头，当着父亲的面，大声喊出了心中的仇恨和蔑视。

"你自己去捡柴火吧！"他喊道，唾沫四溅，"我不是你的仆人！我知道你不会打我，你不敢，你只会用你的虔诚和宽容来惩罚我、贬低我。你想让我变得跟你一样，一样虔诚，一样温和，一样明智！但是我，听好了，为了让你难受，我宁愿成为强盗和杀人犯，宁愿下地狱，也不愿意变得和你一样！我恨你。你不是我的父亲，即使你当过十几次我母亲的情人！"

他严厉而又恶毒地指责着父亲，发泄着心中的愤怒和悲伤。然后，男孩跑掉了，直到夜里很晚才回来。

第二天一早，男孩不见了。一只用两种颜色的树皮编织成的小篮子也不见了，里面装着两位摆渡人劳作所得的一点铜币和银币。除此之外，船也不见了，悉达多后来看见它停泊在对岸。那个男孩跑了。

"我必须追上他。"悉达多说，尽管昨天男孩那番话让他悲痛得浑身发抖，"一个孩子是没办法独自穿过森林的，他会遭殃的。瓦苏德瓦，我们得扎个木筏才能过河。"

"我们确实要扎个木筏。"瓦苏德瓦说，"这样才能把男孩弄走的船撑回来。但对于男孩自己，你就随他去吧，我的朋友。他已经不是个孩子了，他能够照顾自己。他想要回到城市里去，这是对的，记住这一点。他正在做的恰恰是你没有做到的事。他在靠自己，找寻自己的道路。噢，悉达多，我看得出来你在受苦，不过对于这种痛苦只应该付之一笑，很快你自己都会笑话自己的！"

悉达多没有回答。他已经拿起了斧子开始造竹筏，瓦苏德瓦用草绳帮他把竹竿捆在一起。然后，他们撑着竹筏划向对岸，湍急的河水将他们往下游冲去，但他们逆着水流奋力前行，终于到了对岸。

"你为什么要带着斧子？"悉达多问。

瓦苏德瓦回答说："船上的桨可能已经丢了。"

悉达多知道朋友在想什么。他觉得那孩子会将船桨扔掉或者弄坏来报复他们，阻止他们追踪自己。确实，船上已经没有桨了。瓦苏德瓦指着船底，微笑着看着他的朋友，似乎在说："你还没看懂你儿子想要跟你说的话吗？你还没明白他不希望你跟着他吗？"但他嘴上什么也没说，只是默默地开始动手制作一支新桨。然而，悉达多还是离开了他，出发去寻找跑掉的男孩。瓦苏德瓦并没有阻止他。

悉达多在森林里快步走了很久，然后，他意识到自己的寻找是徒劳的。要么男孩早就远远地把他甩在身后回到了城市，要么他还在路上，一旦发现有人追踪就会躲开，他又思考了一会儿，发现实际上他并不担心自己的儿子，他心里知道，孩子并未遭逢厄运，也没有在森林里遇到什么危险。尽管如此，他还是继续不停地往前走去，不再是为了营救孩子，而仅仅是怀着一种愿望，希望或许能够再见到孩子一面。就这样，他一路走到了城郊。

当他来到城外那条宽阔的主路上时，他站在了那座曾经属于卡玛拉的美丽花园的入口处，在那儿，他第一次见到了坐在轿子里的卡玛拉。旧日情景再度浮现在眼前。他又一次看见还是一个年轻沙门的自己站在那里，满脸胡须，衣不蔽体，头发上沾满尘土。悉达多久久地伫立在那儿，透过敞开的大门朝花园里望去，他看见穿着黄色僧袍的僧人正走在美丽的树下。

他久久地伫立在那儿，沉思着，看见了过去的画面，聆听到昨日的声音。他久久地伫立在那儿，凝视着那些僧侣，仿佛看见他们变成了年轻的悉达多和年轻的卡玛拉，漫步在高大的树丛下。他清晰地看到了自己如何接受卡玛拉的招待，如何得到她的第一个吻，他是如何傲慢又带着轻蔑地回顾自己的婆罗门生涯，如何骄傲又满怀渴望地开始了他的世俗生活。他看见了卡玛斯瓦密，看见了仆人们，看见了那些宴会，看见了赌徒们，看见了乐师，看见了卡玛拉笼子里那只会唱歌的鸟，他再度经历了这一切，他感受着轮回，又一次变得衰老而疲惫，又一次感到了恶心，产生了想要自我了结的想法，又一次在神圣的"唵"中得到了重生。

在花园的入口处站了许久之后，悉达多意识到驱使他来到这儿的是一种愚蠢的欲望。他无法帮助他的儿子，也不能让儿子依赖他。他感到了自己对那个离家出走的男孩的深沉的爱，像是一道伤口，同时，他又感到，这道伤口不应该在他心中溃烂，而应该如花朵般绽放。

这道伤口现在还没有绽放，这一刻，他还为它感到悲伤。驱使他追随并寻找离家出走的儿子的愿望已经消失，只剩下一片空虚。他悲伤地坐了下来，感到有什么东西正在他的心中死去，他感到空虚，再也没有了任何欢乐和目标。他坐在那里，陷入了沉思和等待。这是他在河边学会的东西：等待，忍耐，聆听。他坐在那儿，在尘土飞扬的路边，聆听着自己心脏疲惫又悲伤的跳动，等待着一个声音出现。他蹲在那里听了许久，再也看不见任何图像，沉入空无之中，任凭自己下沉，眼前再没有任何道路。当伤口使他感到灼痛时，他就默念"唵"，使自己被"唵"充满。花园中的僧侣们看见他在那儿蹲了好几个小时，灰白的头发上积满尘土，其中一个僧侣走了过去，将两根香蕉放在他身边。老人并没有察觉。

一只手轻轻地碰了碰他的肩膀，将他从恍惚中唤醒。他立马辨认出了这种轻柔又克制的触摸，回过神来。他站了起来，向追随他而来的瓦苏德瓦致意。当他凝视着瓦苏德瓦那亲切的面容，凝视着他脸上那些洋溢着欢乐的细小皱纹，凝视着他那双愉快的眼睛时，他也笑了。这时，他看见了摆在他面前的两根香蕉，他将它们捡起来，给了摆渡人一个，自己吃了一个。接着，他默默地跟随着瓦苏德瓦穿过了森林，回到了渡口边的茅屋。他们两人谁都没有提起这一天发生的事，没有提起那个男孩的名字，没有提起他的逃跑，也没有提起那道伤口。悉达多躺回茅屋里自己的那张床上，当瓦苏德瓦端着一碗椰子汁来到他的床边时，他已经睡着了。

唵

很长一段时间里，他的伤口都始终在疼痛。悉达多摆渡的旅客中不乏带着儿女一同出行的，每一次见到他们，悉达多都忍不住心生嫉妒，他想，成千上万的人都享受着这种最宝贵的幸福，为什么他不能？甚至连那些恶人、小偷和强盗们都有儿女陪伴在身边，他们都可以爱着自己的孩子并被孩子所爱，只有他没有。这种时候，他的思维变得多么简单，多么缺乏理性，他变得多么像那些世俗之人。

他现在看待世人的方式与从前不同，少了些聪明，不再那么傲慢，更加热情，更加好奇，也更能对他们感同身受。当他载着那些普通的旅客们过河时，那些世俗之人，商人、士兵、妇女，他们对他来说不再像从前那样陌生，他理解他们。他分享着他们的生活，不是由思想和观念掌控的生活，而是被冲动和欲望驱使着的生活，他觉得自己和他们相似。尽管他已接近完满之境，正在经历最后一道伤口，但他却感觉这些世俗之人是他的兄弟，他们的虚荣心、占有欲和可笑的言行不再荒谬，它们变得可以理解，变得可爱，甚至值得他尊敬。母亲对孩子盲目的爱，自负的父亲对独生子的盲目的骄傲，虚荣的年轻女孩对珠宝和男人的追求。那种痴迷又贪婪的目光，那种盲目又疯狂的渴望，所有这些欲望，所有这些孩子气的东西，所有这些简单、愚蠢又格外强烈、格外鲜活的冲动和欲望，在悉达多的眼中不再只是孩子的游戏，他看到人们在为此而活，看到他们在为此无休止地奔忙，旅行、发动战争，遭受无尽的痛苦，忍受无尽的烦恼，悉达多因此而爱他们，在这些人的激情和行为中，他看见了生活，看见了生命力，看见了不可摧毁之事，看见了梵天。他们盲目的忠诚、盲目的力量和坚韧既可爱又令人钦佩。他们几乎也并不比思想家和有识之士缺少什么，除了一件小事，一点微不足道的细节，那就是意识，对万物圆融统一的有意识的思考。有时，悉达多甚至怀疑这种知识、这种思考是否值得被如此高度地重视，怀疑这是否也不过是思想家们孩童般的游戏，思想家们可能也只是会思考的孩童般的世人而已。在其他所有事上，世俗之人与思想家们都可以平起平坐，而且常常超过后者，就像在必要的时刻，动物能顽强、准确地行动，表现得比人类更加优越。

在悉达多的心中，一种认知正在慢慢开花、结果，那就是他对智慧以及他长期以来真正在追寻的目标的理解。它们只不过是能在活着的每时每刻去思考、感受并将圆融统一融入灵魂的一种准备、一种能力、一种秘密的技艺。这种认知在他的心中慢慢地生长，这也是瓦苏德瓦那张苍老又孩子气的面容所闪耀着的：和谐，对世界永恒完满的领悟；微笑，万事万物的圆融统一。

然而，他的伤口仍使他感到疼痛。他怀着渴望和痛苦想到了自己的儿子，他呵护着内心的爱意和温柔，任由痛苦折磨着他，犯下了所有爱的蠢行。这是一团无法自行熄灭的火焰。

一天，伤口再度剧烈地灼烧着他，被渴望驱使着，悉达多摆渡过河，下船登岸，决定去城里寻找自己的儿子。河水静静地流淌着，这时正值旱季，河水的声音听上去却奇怪地响亮：它在笑！它很显然在笑。河水在笑，它明明白白地嘲笑着这个摆渡的老人。悉达多驻足不前，他俯下身对着河面，想要听得更加清楚，他看见自己的脸庞倒映在静静流淌的水面上，在这张倒映在水中的脸庞上的某种东西触动了他的回忆，他记起了一些已被遗忘的事情，他思索着，终于意识到了那是什么。这张脸与他曾经熟悉、喜爱又敬畏的另一张脸相似。它像他父亲的脸，那位婆罗门。他想起了很久之前，当他还是一个年轻人时，他如何强迫他父亲接受他去做一个苦行僧，如何离开他，如何一走了之并再也没有回去。他的父亲不是遭受了和他现在因为儿子而遭受的同样的痛苦吗？他的父亲不就是在没有再见到他一面的情况下就早早去世了吗？他自己不也将要面临同样的命运吗？这种重复，这种在命运之轮之中的不断循环难道不是一出奇怪又愚蠢的喜剧吗？

河水在发笑。是的，确实如此，没有受完苦，没有得到彻底的解脱，一切就会重新回来，悲伤就会一遍又一遍地重复。悉达多登上渡船，回到了茅屋，河水在嘲笑着他，他想起了自己的父亲，想起了自己的儿子，在与自己的内心斗争中，他快要陷入绝望，但他也想嘲笑自己，嘲笑这整个世界。噢，他的伤口还没有开花，他的心仍旧在与命运抗争，他的悲伤中还没有闪耀出欢乐和胜利的光辉。但他还是生出了希望，回到茅屋后，他感到了一种无法抑制的渴望，他想要对瓦苏德瓦敞开心扉，想要对他坦白心迹，想要向这位善于倾听的大师讲述一切。

瓦苏德瓦正在茅屋中编篮子。他已经不再替人摆渡了。他的视力开始变得模糊，除了眼睛，他的胳膊和手也渐渐无力。

唯一不变的是他脸上绽放着的喜悦和仁慈。

悉达多在老人身边坐下，开始慢慢讲述。他讲起了此前他们从未谈到的事情，讲述了自己去城里的那一趟旅程，他伤口的刺痛，讲述了在看到幸福的父亲时他的嫉妒，他内心对这种愚蠢的欲望的认识，以及与其进行的徒劳的抗争。他将一切他能够讲出的事情都坦陈出来，甚至是最难堪的那些。一切都被讲述出来，一切都展露无遗，他全部都能坦白。他给瓦苏德瓦展示了自己的伤口，他告诉了他这天渡河想要去城里寻找儿子的事情，以及河水是如何嘲笑他的。

他讲了很久，当瓦苏德瓦面容平静地倾听着时，悉达多感到他倾听的能力比之前更加强大了。他能感觉到自己的痛苦、焦虑以及那些隐秘的希望是如何从他身边流走然后再度折返回来。向这位倾听者展示伤口就像是在河水中沐浴一般，直到伤口逐渐冷却，与河水融为一体。随着他继续讲述，继续忏悔，悉达多越来越强烈地感觉到对面倾听着他的不再是瓦苏德瓦，不再是一个人，这个一动不动地倾听着他忏悔的倾听者就像是一棵在雨中汲水的树，这个一动不动的人就是河流本身，是神明和永恒的化身。当悉达多不再关注自身，不再舔舐自己的伤口，对瓦苏德瓦本质上的改变的这一认识便占据了他的心。当他越是深入地感受到这一点，它就变得越发寻常，他就越是意识到这一切的合理和自然。很久以来，瓦苏德瓦似乎就是这样，只是他自己没有确切地认识到这一点，事实上他和瓦苏德瓦已经没有什么不同了。他开始觉得自己正在以人们看待神的态度看待瓦苏德瓦，但这种感觉不会一直持续下去。他开始在心中向瓦苏德瓦道别。在这期间，他仍在进行着自己的讲述。

悉达多讲完后，瓦苏德瓦将他那双变得有些黯淡的友好的眼睛转向他，什么也没说，只是用他沉默的爱和喜悦、理解和智慧照耀着他。他牵起悉达多的手，将他领到河岸边，与他一同坐下，微笑地看着河水。

"你已经听到了它的嘲笑。"他说，"但你还没有听到一切。听吧，你会听到更多的。"

他们倾听着。河水轻柔地响起，用各种各样的声音歌唱着。悉达多望向河水，流动的水中出现了许多身影：他的父亲出现了，孤独一人，哀悼着他的儿子；他自己出现了，孤独一人，深陷于对远方儿子的思念；他的儿子出现了，也是孤独一人，贪婪地狂奔在燃烧着年轻欲望的炽热道路上，每个人都朝着自己的目标前进，每个人都着迷于那个目标，每个人都备受折磨。河水痛苦地歌唱着，渴望地歌唱着，奔流向它的目标，声调悲哀。

"你听见了吗?"瓦苏德瓦用无言的目光问,悉达多点点头。

"再好好听听!"瓦苏德瓦低声道。

悉达多更加努力地倾听。他父亲的身影,他自己的身影,他儿子的身影,融合在了一起,卡玛拉的身影也出现了,但又消散了,戈文达的身影也出现了,还有其他那些身影,他们彼此融合,通通汇入了河水中,成了河水,渴望着,追求着,痛苦着,河水的声音也充满了渴望,充满了燃烧的悲哀,充满了无法满足的欲望。河水朝着目标前进,悉达多看见它迅疾地奔涌着,包含着他、他爱的人以及所有他曾遇见过的人,浪花和水流都在迅疾地、痛苦地朝着目标奔涌而去,朝着许许多多的目标而去,流向瀑布,流向湖泊,流向急流,流向大海,它们全都抵达了目标,而在每一个目标后又跟着一个新的目标,水变成蒸气升上天空,化作雨水,从天空降落,变成源头、溪流和河水,再度向前,再度奔涌。但是河水那渴望的声音变了。它的回响中依然充满了痛苦与追寻,但其他声音加入了它,乐与苦之声,善与恶之声,笑与悲之声,以及千百种声音。

悉达多倾听着。他变成了一个纯粹的倾听者,全神贯注,内心完全空无,他感到现在他才彻底学会了倾听。在此之前,他也听见过河水中各种各样的声音，而今天它们听上去有了新意。他不再去辨别各种不同的声音，不去分辨快乐的声音与哭泣的声音，不去分辨童稚的声音与成熟的声音，它们归属一体，渴望者的哀叹，智慧者的笑声，愤怒者的叫喊，濒死者的呻吟，一切都归属一体，一切都交织相连，千百次地交缠在一起。一切都归属一体，所有的声音，所有的目标，所有的渴望，所有的痛苦，所有的欢愉，所有的善与恶，所有这些构成了这个世界。这一切汇成了万事万物的河流，谱成了生命的乐音。当悉达多专注倾听着这汇集了千百种声音的河水之歌，当他听到的不再是痛苦也不再是欢笑，当他的灵魂不再与某种特定的声音相连接而是将自己融入其中，当他听到的是所有的声音，感受到的是整体和统一，这时，这千百种声音所奏响的伟大之歌组成了一个简单的字，那就是"唵"，完满之音。

"你听到了吗？"瓦苏德瓦再度用目光询问。

瓦苏德瓦的笑容灿烂耀眼，它洋溢在那张苍老脸庞上的所有皱纹中，就像"唵"浮荡在河水的所有声音之上。他看着他的朋友，笑容灿烂明亮，而同样的笑容也开始闪耀在悉达多的脸上。他的伤口开出了花，他的痛苦闪耀着光辉，他的自我融入了统一之中。

在那一刻，悉达多停止了与命运的抗争，不再痛苦。他的脸上闪耀着一种智慧的愉悦，这种智慧不再与任何意志相违，这种智慧达到了完满，与万事万物以及生命的河流相谐，哀他人之哀，乐他人之乐，顺流而下，归属于一。

瓦苏德瓦从河岸边站起来，他看着悉达多的眼睛，看到其中闪耀着的愉悦和智慧，他轻轻地拍了拍他的肩膀，小心又温柔，他说："亲爱的朋友，我一直在等待这一刻的到来。现在它已经来到了，我该走了。我已经等待这一刻很久了，我作为摆渡人瓦苏德瓦也已经很久。现在已经足够。别了，茅屋，别了，河流，别了，悉达多！"

悉达多向他深深地鞠躬，同他告别。

"我知道了。"他轻声说，"你要进入林中吗？"

"我要进入林中，我要归于圆融统一之中。"瓦苏德瓦带着灿烂的微笑说。

他面带笑容地离去了。悉达多目送着他。怀着深沉的喜悦和深沉的敬意，他目送他离开，他看见他的步伐平和安宁，看见他的头顶光彩熠熠，看见他的身体布满光明。

戈文达

在一次旅行中，戈文达曾与几位僧侣在妓女卡玛拉赠予乔达摩弟子的园林中休息过一段时间。在那里，他听说有一位摆渡老人居住在距园林一天路程的河边，这位老人被许多人认为是智者。于是，当戈文达继续上路时，他选择了通向渡口的那条路，他十分想要见到那位摆渡人。尽管戈文达一生都过着严守戒律的生活，且因为年长又谦逊而受到年轻僧侣的尊敬，但他心中的不安和追寻的渴望始终没有平息。

他来到了河边，请求那位老人渡他过河，当他们抵达彼岸，将要下船时，他说："您对僧侣和朝圣者都很亲善，我们中的很多人都被您载着渡过河。摆渡人，难道您也是一位求道者？"

悉达多那双苍老的眼睛流露出笑意，说："尊敬的人，您年事已高，还穿着乔达摩弟子的僧袍，却自称求道者吗？"

"确实，我老了。"戈文达说，"但我还没有停止追寻，我永远也不会停止追寻，这似乎是我的命运。在我看来，您似乎也进行过一些追寻。尊敬的人，是否可以给我讲一讲呢？"

悉达多说："尊敬的人，我能跟您讲什么呢？是说您追寻的太多了，还是说您的追寻使您一无所得？"

"这是什么意思？"戈文达问。

悉达多说："当一个人在追寻时，他的眼睛很容易只看到他所追寻之事，他之所以什么都找不到，之所以什么都无法进入他的眼中，是因为他往往只在意他所追寻之事，是因为他有一个目标，他被这个目标困住了。追寻即意味着有一个目标。发现则意味着自由，意味着开放，并无目标。尊敬的人，也许您确实是一位追寻者，孜孜以求地去实现您的目标，因而忽略了许多近在眼前的事情。"

"我还是不太明白。"戈文达说，"您这是什么意思？"

悉达多回答说："尊敬的人，许多年前，您曾来过这里，并在河边发现了一个熟睡的人，您坐在他的身边看护着他睡觉。但是，戈文达，你当时并没有认出那位睡着的人。"

这位僧人震惊不已，像是被施了魔法一般，看着摆渡人的眼睛。

"你是悉达多吗？"他有些发怯地问，"这次我也没有认出你来！我诚挚地向你问好，悉达多，再见到你我很高兴！你变了许多，我的朋友。所以，你现在成了一位摆渡人了？"

悉达多露出一个友好的笑容："是的，我成了摆渡人。戈文达，有些人总是会不断改变，会穿上各种各样的衣服，我也是他们其中之一，我亲爱的朋友。欢迎你，戈文达，今天就在茅屋过上一夜吧。"

这天晚上，戈文达在茅屋里过夜，睡在了曾属于瓦苏德瓦的床上。他对这位年轻时的朋友提出了许多问题，悉达多不得不为他讲述了自己的种种经历。

第二天早晨，当戈文达要启程时，他略显犹豫地说："在我再度出发之前，悉达多，请允许我最后问一个问题。你遵循什么教义吗？有没有一种信仰或者智慧在引导你，帮助你生活并选择正确的道路？"

悉达多说："如你所知，亲爱的朋友，当我还是个年轻人，在森林里与苦行僧们生活在一起时，我就开始怀疑那些教义与教导者们了，于是离弃了他们。至今依然如此。尽管在那之后我有过许多老师。在很长一段时间里，一位美丽的妓女是我的老师，一位富庶的商人、一些赌徒也是我的老师。甚至，佛陀的一位云游弟子也曾是我的老师，在朝圣的途中，他坐到了在森林中沉睡的我的身边。我从他那里也有所学习，我也对他心怀感激，十分感激。然而，最重要的是，我曾向这条河流学习，向我的前任摆渡人瓦苏德瓦学习。他是一位简单朴素的人，并非思想家，但他知道什么是必学的，就像乔达摩一样，他也是一位完满之人，一位圣人。"

戈文达说："悉达多，你到现在还是那么喜欢开玩笑。我相信也知道你从未跟随过什么老师。不过，就算不是教义，你自己没有找到某些属于你的特定的思想和观念来帮助你生活吗？如果你能告知我一二，我会发自内心地感到高兴。"

悉达多说："是的，我曾经有过许多思想、许多观念。有时，有那么一个小时，或者一天，我会体察到心中的智慧，就像一个人感知到内心的生命一样。我有过不少这样的思想，不过很难将它们讲述给你。听着，戈文达，这就是我所发现的思想之一，即智慧无法传授。智者试图传授智慧，听上去总是十分愚蠢。"

"你在开玩笑吗？"戈文达问。

"这并非玩笑。我正在讲述我的发现。一个人可以传授知识，却无法传授智慧。一个人可以发现智慧、体验智慧、依靠智慧，可以用它来创造奇迹，但却无法言说或教授它。在年轻时，我便有过这种怀疑，也正因如此，我离开了我的老师们。我还发现了一种思想，戈文达，你一定会认为这是笑话或者在犯蠢，但这是我最好的思想。这个思想便是，真理的反面亦是真理！也就是说，只有片面的真理才能诉诸言辞。可以被思考或者被诉诸语言的事物都是片面的，一切都是片面的，一切都只是整体的一部分，一切都无法达到全整、圆融和统一。当至尊乔达摩在讲述关于世界的教义时，他不得不将其分为轮回和涅槃，分为幻象和真实，分为痛苦和救赎。对于一个想要传授教义的人来说，这是唯一的办法，别无选择。然而，这个世界本身，既在我们之外又在我们之内，它从来都不是片面的。从来不会有一个人或者一件事仅属于轮回或者仅属于涅槃，从来不会有一个人是完全的圣人或者完全的罪人。我们之所以会如此，是因为受制于一种幻觉，即将时间当作某种真实之物。时间不是真实的，戈文达。对此我已反复体会过多次。如果时间不是真实的，那么现世和永恒、痛苦和幸福、罪恶与良善，也都是一种幻觉。"

"这是怎么回事？"戈文达不安地问道。

"听好了，我的朋友，好好听一听！我是罪人，你也是罪人，而罪人有朝一日也会重新成为婆罗门，也会进入涅槃之境，也会成为佛陀，现在，你看，这个'有朝一日'只是一种幻觉，只是一种譬喻！罪人并没有走在成佛的道路上，他并没有在进步的过程中，尽管我们的思维并不能以其他的方式进行想象。不，佛陀已然存在于这个罪人之中，现在，今天，他所有的未来都已经在此。在他之中，在你之中，在每个人之中，都有你必须崇敬的未来之佛、潜在之佛、隐匿之佛。亲爱的朋友，戈文达，这个世界并非完美的，也不是走在一条通往完满的道路之上。不，它在每时每刻都是完满的，一切罪孽都已然获得宽宥，所有的孩童身上都暗藏着衰老，所有的婴儿都会走向死亡，所有的垂死者都能获得永生。任何人都无法看到另一个人已经在他的道路上行进到了什么阶段。佛陀伏于强盗与赌徒身上，而盗贼也存在于婆罗门心中。在最深的冥想之中，人们或许可以抛却时间，看见一切生命，同时经历所有的过去、现在和未来，一切皆善，一切完满，一切都是梵天。因此，对我而言，一切存在皆为善。生等同于死，罪恶等同于圣洁，聪慧等同于愚蠢，一切皆如其所是，一切只需我的赞同、应允以及爱的认可，对我来说，一切皆善，一切便不会有损于我。在体察我的身体与灵魂之后，我发现我必经罪孽，必要追逐财富，必要满足贪欲，必要感受虚荣，必要经历最可耻的绝望，从而学会放弃抵抗，学会爱这个世界，学会不再将它与那个我期望或者想象出来的世界进行比较，不再与我梦想出来的某种完满进行比较，而是让它是其所是，去爱它，并欣然归属于它。噢，戈文达，这就是我的一些想法。"

悉达多弯下腰，从地上捡起一块石头，拿在手中掂了掂。

"这个……"他摆弄着它，"是一块石头，过上一段时间，它或许会变成土地，在上面生长出植物、动物或者人。早前我会说：'这只不过是一块石头，毫无价值，它属于玛雅世界，但在轮回之中，它甚至或许会变成人或者鬼魂，故而我必须承认它的价值。'过去我或许会这样想。然而，现在我认为，这块石头是一块石头，也是动物，也是神明，也是佛陀。我并不是因为它有朝一日可能会变成什么而对它尊敬、爱护，而是因为它早已并且会一直是一切事物。恰恰因为它是一块石头，恰恰因为它今天是以石头的面目出现在我面前，我爱它，并在它的每一处纹路和凹陷中，在它的黄色、灰色坚硬的质地中，在我敲击它时发出的声响中，在它表面的干燥和潮湿中，看到了它的价值和意义。有的石头摸上去像是油或者肥皂，有的石头则像树叶、像沙子，每一块石头都是特别的，以各自独有的方式念诵着'唵'，每一块石头都是梵天，而与此同时，它们每一块又都仅仅是石头，像油或者肥皂的石头，恰恰是这一点让我心生喜悦，对我来说，这就是它奇妙而值得崇拜的地方。不过，我也不想再多说了。言语对于隐秘的思想并无益处，每当有人大声说出什么时，那件事就会轻微地变样，就会引起一些曲解，就会变得有些愚蠢。一个人的财富和智慧在另一个人看来是愚蠢。是的，就连这一点对我来说也是极好的，也能让我欢喜非常。"

戈文达默默地听着。

"你为什么要跟我讲这些关于石头的事情？"停顿片刻后，他迟疑地问。

"我讲这些并无特定的意图。或许我说的是，在这些石头，这些河流，这些我们能够看见并从中学习的事物之中，我感受到了爱。戈文达，我可以爱一块石头、一棵树，或者一块树皮。这些都是物，物是可以被爱的。然而，我却无法爱言辞。这也是为什么我无法跟从教义的原因。它们没有软硬，没有颜色，没有边角，没有气味，没有味道，除了词语，它们什么也不是。或许正是这些词语阻碍了你获得内在的宁静平和。因为即使是救赎和美德，即使是轮回和涅槃，它们也不过是词汇，戈文达。这个世上并不存在真正的涅槃，而只有涅槃这个词语而已。"

戈文达说："涅槃不仅仅是一个词语，亲爱的朋友。它是一种思想。"

悉达多继续说："一种思想，或许确实如此。我必须向你坦白，亲爱的朋友，我并不怎么区分思想和言辞。坦白说，我也并不看重思想，我更看重物。譬如，在这条渡船上，曾有我的前一任老师，他是一位圣人，多年以来，他只信奉河水，除此之外，什么也不信奉。他注意到河水在发出声音与他交流，他从这个声音中学习，受到河水的教导。对他而言，河水即是神明，许多年来，他并不知道每一阵风、每一朵云、每一只鸟、每一条虫都和他所崇拜的河流一样神圣，它们也和河流一样懂得许多，也能对他进行教导。但当这位圣人步入林中后，他就会知道一切，知道的比你我都多，无须老师，无须书本，仅仅因为他曾经信奉过那条河流。"

戈文达说："但是你所谓的'物'是真实的、事实上存在的东西吗？难道它不也仅仅是玛雅的幻觉，只是外在和表象吗？你的石头、你的树、你的河流，它们是真实的吗？"

悉达多说："这一点，并不会使我烦恼。无所谓它们是否只是幻象，连我也可能只是幻象，因为它们永远与我相同。这也是为什么它们对我如此珍贵，使我如此喜爱，它们与我相同。

这也是为何我能够爱它们。这种说法或许会使你发笑，噢，戈文达，在我看来，爱是世间首要之事。看透世界、解释世界、蔑视世界，这或许是伟大思想家要做的事。但我想要做的事是爱这个世界，而不是蔑视它，不是去仇视它、仇视自己，我要做的是用爱、赞赏、崇敬的目光去看待这个世界，看待我以及一切存在之物。"

"这一点我明白。"戈文达说，"但这正是被至尊佛陀视为虚妄之事。他教导我们要宽容、仁慈、同情和忍让，却没有教导我们要爱，他禁止我们沉溺于世俗之爱。"

"我知道。"悉达多的脸上洋溢着熠熠生辉的笑容，说，"我知道，戈文达。你看，我们已经步入了意见的丛林，陷入言辞的争斗中了。我无法否认我关于爱的说法与乔达摩的教义明显相悖。这正是我对言辞如此不信任的原因，因为这种相悖是一种幻象。我知道我和乔达摩的观点一致。他怎么会不了解爱呢？他看透了人世的无常和虚妄，却仍旧如此热爱人类，以至于将漫长而艰辛的一生都用于帮助和教导他们。即使是关于他，你伟大的导师，我更看重的也是他的事迹而非言论，他的行动和生活远比他的言论重要，他的手势远比他的观点重要。我并非在他的演说或者思想中，而是在他的行动和生活中，感受到了他的伟大。"

两位老人沉默良久。然后，在戈文达将要离去时，他对悉达多鞠躬致意，说："谢谢你，悉达多，你告诉了我你的一些思想。它们之中的一些对我来说相当奇特，我一时无法领会。尽管如此，我依然感谢你，希望你生活得和平安宁。"

然而，在心中，他却想：这个悉达多真是个怪人！他的这些想法真是古怪，他的教义听上去也很愚蠢。至尊佛陀的纯洁教义则与此截然不同，它们更加清晰、纯粹，更加容易理解，毫无怪异、愚蠢和荒谬之处。然而，悉达多的举手投足，他的眼睛、他的眉毛、他的呼吸、他的微笑、他问好致意的方式、他的步态，在我看来，与他的思想完全不同。自从至尊乔达摩涅槃以来，还从未有一个人让我有这种感觉，那就是这是一位圣人！只有他，悉达多，他在我看来是一位圣人。他的学说或许怪异，他的言辞听上去或许愚蠢，但他的目光和双手，他的皮肤和头发，他的一切都散发出一种纯洁、平静、欢乐、仁慈和圣洁的光辉，自从至尊佛陀涅槃以来，我还从未在任何人身上见到这样的景象。

戈文达如此想着，心中充满了矛盾。在一种爱意的驱使下，他又一次对悉达多鞠躬致意，对静静地坐在他面前的这个人深深地弯下腰。

"悉达多。"他说，"我们都已是老人。恐怕此生都再难相见。亲爱的，我看得出来，你已经寻找到了安宁。我承认我还没有找到。尊敬的朋友，再给我讲讲吧，给我讲一些我能够掌握、能够理解的东西！在我们分别之际，给我一些能让我带着上路的东西。我的道路常常艰辛又黑暗，悉达多。"

悉达多依旧沉默不语，只是带着那一如既往的平静的微笑凝视着他。戈文达怀着恐惧、渴望和痛苦看着他的脸，他的目光中写满了痛苦，写满了永恒的追寻和寻而不得。

悉达多看着这一幕，微笑着。

"俯下身来。"他在戈文达的耳边轻声低语道，"来，朝我俯下身来！对，就像这样，再近一点！再近一点！吻我的前额，戈文达！"

戈文达震惊不已，然而一种巨大的爱意和预感吸引了他，使他听从了悉达多，朝他俯下身，用双唇触碰了一下他的额头，奇妙的事情随即发生在了他的身上。当他还在苦苦思索着悉达多奇怪的言论时，当他还在徒劳无益地试图将时间摒除，将涅槃和轮回想象为一体时，当他的内心还在为朋友的言论与对他本人的巨大爱意和崇敬斗争冲突时，这样的事情发生了：

他看见的不再是他朋友悉达多的脸，而是其他各种各样的脸，它们连续不断地出现，汇成一条流动的脸的河流，成百张脸，上千张脸，所有的脸都出现又消失，但它们又同时存在着，所有的脸都不断地变幻、更新，而它们又全都是悉达多的脸。他看见了一张鱼的脸，那是一条垂死的鲤鱼，它的嘴因为巨大的痛苦而大张着，眼神也已黯淡无光；他看见了一张新生儿的脸，面皮发红，满是皱纹，扭曲着将要大哭；他看见了一张杀人犯的脸，看见他正将刀子插入另一个人的身体，在同一时刻，他又看见这个杀人犯戴着镣铐跪在地上，刽子手正挥刀将他的头颅砍下；他看见了赤身裸体的男男女女，正在激烈的性爱中将身体摆出各种各样的姿势；他看见了横陈的尸体，僵直、冰冷又空无；他看见了许许多多动物的头，野猪头、鳄鱼头、大象头、公牛头、飞鸟头；他看见了神明们，看见了克利须那神①、阿耆尼神②。他看见所有这些形象和面孔以千千万万种方式联系在一起，帮助彼此，爱着彼此，仇恨彼此，毁灭彼此，又让彼此重获新生，他们每一个人都渴望着死亡，怀着对无常的热烈又痛苦的忏悔，但他们又都没有死去，他们只是不断地

---

① 克利须那神：印度教三大神之一的毗湿奴的第八个化身。
② 阿耆尼神：古印度神话中的火神。

变幻，不断地新生，不断地换上新的面孔，而在一张脸与另一张脸之间并没有时间在流逝，所有的这些形象和脸庞都静止着、流动着、生成着、漂浮着，交汇融合在一起，居于它们之上的是一种稀薄、并无实体但又真实存在的东西，像是纤薄的玻璃或者冰层，像是透明的肌肤，像是一层水做的躯壳、形体或者面具，这个面具在微笑，这个面具就是悉达多在戈文达用双唇碰触他的那一刻微笑着的脸庞。戈文达看到了那个面具的微笑，那个居于一切流转变幻的万事万物之上的统一的微笑，那个超越了千千万万次死亡的永恒的微笑，它与戈文达曾怀着敬意看过数百次的佛陀乔达摩完全一样，一样平静、微妙又难以捉摸，也许是亲切的，也许怀着嘲讽，也许满含智慧。这时，戈文达明白了，这是完满之人的微笑。

戈文达不再知道时间是否存在，这种注视是持续了一秒还是千年，他不再知道是否存在悉达多，是否存在乔达摩，是否存在自我，是否存在我和你，戈文达像被一支神明之箭刺中了内心的最深处，但带来的伤口却是甜蜜的，他沉醉其中，一时忘我。戈文达站立了片刻，俯身看向他刚刚吻过的悉达多那张平和的脸，那是刚刚显现出一切形态，一切未来、现在和过去的地方。那张脸没有任何变化，世间万象再度从它的表面消退，他静静地微笑着，轻轻地、温柔地微笑着，也许亲切，也许带着嘲讽，与至尊佛陀的微笑完全一样。

　　戈文达深深地鞠了一躬，不知不觉中，泪水顺着他苍老的脸庞流下，一种火焰般炽热的爱意和最为谦卑的崇敬燃烧在他的心中。对着眼前这个静坐着一动不动的人，他深深地鞠了一躬，几乎要触到地面，他的微笑使戈文达回忆起他一生中所爱过的一切，使他回忆起他一生中珍贵又神圣的一切。